竹馬成雙 2

U0002238

AUTHOR | 愛看天　ILLUST | EnLin

竹馬成雙

AUTHOR 愛看天
ILLUST EnLin

Contents

第一章　我想夢到你

丁浩自己坐車回到鎮上，下了車還要走一段路，他一邊閒逛一邊走向住家。丁奶奶家住的社區以前有部隊在這裡訓練過，就沿用了以前的叫法，通常都說那裡是四團。不遠處叫三團，也是靠近鎮中心的地方，鎮上的國中就在那裡。

丁浩剛走到鎮上的國中，大老遠就聽到學校後面的樹林裡有說話聲，還有拳打腳踢的動靜。丁浩眼睛一轉就明白這是在幹嘛了。

國中生難免有精力過剩的，幾個學校的壞孩子對打，不就是那麼一點鳥事。樹林裡的又說話了，聽起來還滿囂張的：「……你服不服？媽的！一看見你就噁心！」這道聲音很耳熟，丁浩忍不住又轉身回來，偷偷摸摸地蹭過去看了看。

果然，在那裡欺負人的不就是李盛東那死小孩嗎！

李盛東揍人的手法很老練，兩三下就把人打趴了，正一腳踩在那個人身上，旁邊還是他的那幫狐朋狗友，丁浩也認出了幾個。這群人正圍著一個人欺負，還有人拔了一把草，放在那個趴在地上不起來的孩子頭上，特別缺德。

丁浩躲在樹後面看了半天，被揍到趴下的那個人很陌生，不太想管。

被欺負的這件事，肯定不是一個人引起的，你如果老是受人欺負，肯定是受欺負的人本身也有問題。老話一句，「可憐之人，必有可恨之處」不是嗎？再說，就算現在幫了他、救了他，難免以後不會被欺負得更慘啊。

丁浩打定了主意，轉身想走，這時候李盛東又說了一句，「看起來像個女人一樣，不會也跟女生一樣喜歡男的吧？」

周圍的幾個人一起起鬨，要把他的衣服扒光，丟到大街上。

「寫上幾個字再丟！哈哈，寫上老七的名字吧？」

後面圍著的一個人立刻踢了說話的人一腳，罵了一句：

「滾蛋！怎麼不寫你的名字？」

後面那個也笑了，「靠，他又沒在作業簿後面寫我的名字！哈哈，老七，你被人放在心上了！」

被李盛東踩在腳底下的那個孩子悶不吭聲，聽到他們說話笑鬧也沒有什麼反應。

李盛東叫打鬧的幾個人把那個挨打的學生拉起來，看樣子是真的要扒了人家的衣服，扔到外頭去。

那孩子被抓起來，眼鏡掉到地上，差點被踩碎了也沒有多大的反應。

丁浩看不下去了，站出來喊李盛東：

「嗳，李盛東，這裡不是你的地盤吧？在這裡欺負人就越界了啊！」

李盛東沒想到會在這裡碰到丁浩。雖然他跟丁浩不是讀同間學校，但丁浩常常來看丁奶奶，兩人的家住得近，還是很熟。

他抬頭看見丁浩揹著一個書包過來，也皺起眉頭。

「丁浩，我今天可沒惹你啊，這裡也不是你的地盤吧？」李盛東指了指前面，「你在鎮上的國中讀書嗎？管這麼多！」

丁浩也不高興了。

李盛東上輩子在知道白斌跟他的關係後，很常嘲笑他，那時候還以為李盛東是故意跟自己作對。如今看來，自己當時聽到的那三言兩語算什麼，看看被李盛東欺負的這位，這才是身心受挫啊。

丁浩看著李盛東，覺得這死小孩是本性就很壞，天生的壞胚子！

「那你在這裡上學嗎？」

李盛東摸了摸鼻子，三角眼垂著。

「我不在這裡上學，可是我兄弟在這裡上學。今天打這傢伙也不為了別的，就是單純覺得噁心。丁浩，你最好別管啊。」

旁邊幾個人都站在他後面，一起盯著丁浩看。

這群死小孩還會嚇唬人，一般人見到這種陣仗早就跑了。但是丁浩跟李盛東有這十幾年的交情，經常打架動手，壓根就不怕他。

「李盛東你了不起了啊，我剛剛在後面都聽見了，人家不就是在本子上寫了你兄弟的名字嗎?大不了多重複了幾遍，那又怎麼樣?你兄弟有少塊肉，還是多個包嗎?」

丁浩看著那個被打完又抓起來的倒楣孩子，臉上還有血，大概是剛才擦破了鼻子，滴滴答答地流著血。

「我跟你說李盛東，快走吧!打一頓就算了。你看他那樣，馬上就倒下了，萬一真的暈倒，被人送去醫院，事後要報警又要追究責任，你們幾個還得聯手幫人家湊醫藥費……」

這時，有人經過樹林旁邊，算一算時間，也是大人們下班的時候了，李盛東皺起眉頭。

丁浩又添了一把火，「打人還能從輕發落，你們要是扒了人家的衣服，那可就是流氓罪了。現在流氓不分男女，都得進警局喝杯茶，還要遊街示眾幾天。你們可就出名了，對男人耍流氓，嘖嘖……」

李盛東看到那個被打的孩子搖搖晃晃，之後真的就倒下了。

旁邊抓著他衣領的人反倒嚇了一跳，也不敢拉住他，看到地上那位滿臉是血的同學躺著不醒，開始發慌，「李哥，這、這怎麼辦啊……」

「你們先走。」丁浩趕緊把李盛東往外趕，「我這是見義勇為，被人看到也沒事，李盛東你放心，我絕對不說是你幹的!」

李盛東上上下下打量了丁浩半天，看得丁浩渾身不舒服，之後那個死小孩笑了，過來拍了拍丁浩肩膀，「好吧，丁浩，這次就算是給你一個面子，我們走!」

丁浩看著像黑社會老大一樣，前呼後擁地走出樹林的李盛東，忽然覺得自己吃虧了。這怎麼能算是給他一個面子？分明是老子幫你擦屁股啊，李盛東！！

躺在地上的那位還是毫不動彈，丁浩也很鬱悶。

他就是為了賭一口氣，沒想到還真的變成了老媽子。沒辦法，只能上前把人扶起來，掏出紙巾，先幫他堵住了鼻孔，好歹先止血。

「醒醒！壞人都走了，快起來吧！」

不管是好人還是壞人，昏迷後不管是誰在，都無法那麼快醒來。所以丁浩認命地蹲下，揹著那孩子去醫務所。

走了快半個鐘頭，眼看就要到了，那孩子悠悠地轉醒，「……去哪裡？」

聽起來還滿清醒的，丁浩揹著他繼續往前走。

「醫務所，還有三百公尺，我說，你能自己下來走嗎？你這個身高，我揹起來有點吃力。」

那孩子比丁浩高半顆腦袋，丁浩揹著他，幾乎跟拖著走沒什麼兩樣。

後面那位果然下來了，自己低著頭跟著丁浩往前走，看起來還有點虛弱。丁浩乾脆把他手臂勾到自己脖子上，「我扶著你吧，好不容易到這裡了，別再摔一跤，又暈過去。」

「喔。」

還是不多話，聲音聽起來也很乾淨，跟普通學生沒什麼兩樣。也不知道那本作業本上到底是怎麼寫的，就這樣被李盛東欺負了。

鎮上的大醫院不多，只有一個市立的二院在那裡站著，光看那修得很高的大樓大門就知道是坑錢的。大家平常有什麼頭痛、發燒的小病都習慣去醫務所，第一是裡頭的醫生在這裡住了半輩子，都認識，第二個就是便宜。

進了醫務所，丁浩把人一放，也癱在旁邊的椅子上並坐下。醫務所的老爺爺跟丁浩家認識，看到他帶人來也沒仔細看，「這是白斌吧？怎麼被你扛來了？」

丁浩差點沒一起吐血，這是什麼眼神啊！

「不是白斌，是我在路上碰見的，剛才被壞孩子打了，也不知道傷到了哪裡，您幫他看看吧？」

老頭趕緊過來，仔細看了一遍。

「鼻子撞破了，臉上腫了一點，身上倒是沒什麼事。」又用酒精棉花幫他把臉擦乾淨，看起來是個很斯文的孩子，垂著眼不說話，嘴角帶著一塊瘀青，老頭很憤慨，「這又是李盛東惹的禍吧？這小子越來越壞了！」

丁浩笑了。

這句話很耳熟啊！上輩子不知道多少年了，別人都說「又是丁浩和李盛東惹的禍」，現在改了，只剩李盛東一個還留下了臭名，丁浩忙不迭地點頭，「就是啊、就是啊！這小子越來越壞了！」

旁邊那個臉已經擦乾淨的男生忍不住轉頭看著丁浩，眼睛眨了眨，似乎沒想到丁浩會說出這種話來，沒有眼鏡阻擋，那模樣看起來還滿順眼的。

已經在家看電視的李盛東忍不住打了個噴嚏！他肯定沒想到，拍著胸口說不告密的丁浩後腳就洩了他的密。不過這也不能怪丁浩，誰叫丁浩轉行當了好人，這個鎮上只剩下他一個最壞的了！

丁浩見義勇為地回去了，哼著歌，還沒等到家門口就看著丁奶奶在路邊張望，遠遠看到他就揮手，「浩浩！」

丁浩連忙一溜煙地跑回去，抱著丁奶奶的腰不放手。

他長高了，丁奶奶拍著他的小腦袋，還是跟小時候一樣寵著，嘴裡說著抱怨的話，手上卻下不了半分力氣去打這個寶貝孫子。

「怎麼現在才回家?白斌打電話來說你一下課就回來了，我在這裡等了半天，張蒙都回來了，也沒看見你……」

丁奶奶摟著丁浩嘟囔，老人是真的很擔心。這年頭還有會偷小孩的，前兩天電視上還說有人偷了孩子，賣到山裡。她家寶貝浩浩長得這麼好看，要是被偷走了，那可會心疼死。

「你出去玩也不跟奶奶說一聲，嚇死奶奶嘍！對了，快點打通電話給白斌吧，他都一連打了好幾通呢。」

丁浩走進家裡的時候，電話正好響了，接起來一聽，果然是白斌。

『到家了？』

聲音倒是很平靜，要不是丁奶奶說他一連打了好幾通電話，還真的不知道他是著急了。

丁浩把書包扔到沙發上，抱著電話坐下，「剛回來，路上有點事。」

電話另一頭立刻追問了一句，『怎麼了？』

丁浩頓了頓，「也沒什麼，就碰到幾個認識的人……」

白斌這幾天出門，丁浩問他，他都沒說到底是去幹嘛了，丁浩決定也難為一下白斌。

這是一個小祕密，老子就是不告訴你。

電話另一頭沉默了一會兒，又說：『星期天早上我去接你吧，一起去買參考書？』

丁浩拿著電話，嘴巴不知道怎麼回事，冒出這一句：「你不忙了？」說完就後悔了。果然另一邊也笑了，『不忙了，星期天就好了。浩浩記得等我，這次不許再自己先走了喔！』

丁浩聽到他笑，心情也放鬆了一些，在沙發上躺平。

「好吧，不過你得快點，我的耐性可不好。」

又跟白斌約好時間，閒聊了一會兒就掛了。他聽到那邊好像有喊口號的聲音，不知道白斌是在哪裡打給他的。

丁浩看著電話上的數字，是個陌生號碼。

廚房裡傳來炒菜聲，丁浩站起來伸了個懶腰，嘴裡咬著一顆蘋果就跑進去，「奶奶，我來幫您吧？我來擺盤子……奶奶您別管我，炒菜就行了！」

丁浩進去幫忙，但丁奶奶心疼孫子，總是忍不住回頭看他，這一看兩看，就把鍋裡的菜炒焦了。丁浩也不嫌棄，挑起焦掉的菜放自己碗裡吃掉，還誇丁奶奶的手藝好。

「奶奶，這個比我爸帶我去吃的飯店還好吃！」

「都焦了，還好吃啊？」丁奶奶看到丁浩吃得很開心，也露出了笑，「奶奶看啊，肯定是寶貝浩浩自己心裡高興，吃起來才好吃啊！」

丁浩嘴裡塞著飯，也不說話，又夾了一口菜，丁奶奶連忙幫他倒一杯水。

「吃慢一點，是什麼事這麼高興啊？」

丁浩的眼睛轉了轉，把自己的英勇事蹟說給丁奶奶聽。主要人物變成那個受傷的孩子，以及奮不顧身地衝進敵群中救了他，並凱旋歸來的自己。為了發揮效果，連醫務所的老頭也拉了進來。這老頭是人證兼物證。

丁奶奶聽到後，嚇得把丁浩上下仔細看了一遍，「沒傷到吧？」

看到丁浩活蹦亂跳的，還是不放心，要拉他再去一趟醫務所，「走走，我們再去看看，不痛的傷才最要命啊！」

丁浩連忙為丁奶奶解釋，「沒有，一點傷都沒有，」看到丁奶奶疑惑，又咳了一下，「他們沒碰到我，奶奶，是李盛東跟別人打架。」

丁奶奶這才放心，別人她不知道，但李盛東她知道啊，不就是隔壁的那小子嗎？從小跟浩浩一起玩大的。

丁奶奶一直覺得李盛東這孩子只是淘氣了點，其實人還是很實在的，她家浩浩以前被人家欺負，都是李盛東這孩子幫忙報的仇。

不過，丁浩還是很好奇那個被李盛東欺負的孩子，鎮上的人說多不多、說少不少，跟他們差不多年紀的孩子，丁浩也差不多都能認出來，怎麼樣也想不起那個孩子是誰，一邊幫丁奶奶刷碗一邊打聽：

「奶奶，那個小孩是誰啊？我覺得很陌生，我們這裡有新來的吧？」

丁浩跟那個挨打的孩子順路一起回家，看樣子他也是住在四團附近。

丁奶奶拿著乾淨的布擦乾丁浩洗好的碗筷，想了想。

「好像有戶新來的，租了那邊的房子。」丁奶奶的手往東邊指了指，丁浩立刻點了頭，「對對，就是那邊的，一個男孩，戴著眼鏡，身高不高……呃，比我高了半顆頭，看起來很白淨。奶奶，那是誰家的孩子啊？」

丁奶奶一下想起來了，喔了一聲，「那孩子啊，好像是鎮上國中王老師家的親戚吧，跟他媽媽兩個人一起搬過來，說是在老家過得不太好，想來這裡找份工作……」

丁奶奶的消息很靈通，她每天吃完晚飯都會去小廣場跳老人舞，早上也會去練一下太極劍。這幾個老姊妹湊在一起都說個不停，東家長李家短的，有什麼人來，沒多一會兒功夫就知道得一清二楚了。

丁浩聽了幾句就明白了，這孩子叫張陽，從小就沒有爸，跟他媽兩個人生活。老家的人欺負他們母子，他媽就帶著孩子出來，想到這裡有個當老師的親戚，就先來這裡住一下。王老師人好，帶著張陽他媽去找了一份工作，在學校食堂幫忙打掃衛生，張陽他媽很感激。但親戚家畢竟不好久住，她又趕緊在四團旁邊租了房子，算是暫時安定下來。

張陽的功課很好，王老師也很喜歡他，想到他家裡貧困，還幫他申請了獎學金。這麼一來，就讓班上的同學傳起謠言，說什麼老師太偏心張陽了，張陽成績好，看不起人啊。傳來傳去，就像真的一樣了。

本來張陽這孩子還會笑，如今也越發沉默，會被人欺負也是遲早的事。

丁奶奶感嘆了一句，「張陽他媽不容易，這孩子也很懂事。」

丁浩已經把所有碗都洗好，又滿足了好奇心，也就不怎麼在意這個問題了。

星期六晚上照例是看綜藝節目，丁奶奶喜歡看曲苑雜壇，丁遠邊還特地幫她弄了一台錄影機，每集都幫丁奶奶錄起來，讓老人挑著看。

丁浩陪丁奶奶看了一集曲苑雜壇，又聽了幾曲黃梅戲，被催眠得直打呵欠，被丁奶奶趕去睡。

臨睡前聽聽戲就是睡得很好，丁浩一夜無夢到天亮。

丁奶奶來叫過他好幾次，也沒見到他起來，再叫他，他反倒把被子蓋在頭上。丁奶奶隔著被子，在丁浩屁股上拍了一下，也沒聽到他哼哼，乾脆放棄這個小懶豬，做好飯、放在桌上就出去了。

老人有早上鍛煉的愛好，除非風吹雨打，通常都不會間斷。

丁浩睡得正迷糊，忽然覺得有人坐在自己旁邊，被子也從頭上掀開了。丁浩還很睏，透過睫毛看了一眼，頓時睡意全消，眼睛也睜開來眨了眨，「白斌！」

白斌坐在他旁邊，看到丁浩睜大眼睛的樣子笑了。

「怎麼了，看到我這麼驚訝？」手揉了揉他的頭髮，「剪短了？這樣有精神一點了。」

丁浩有點不自在，歪了歪頭，卻沒躲開白斌的手。

「那天就剪短了，你不是也看見了？」大概是剛醒來，說話還帶著鼻音。

白斌聽到他說，又揚了嘴角，「那天是看見了，當時就想說，摸起來肯定很刺。」

丁浩的頭髮剛剪短不久，帶著毛茸茸的毛渣，在手心蹭過會帶起麻麻的感覺，像有細小

的電流竄過。

白斌又揉了兩下後問他：

「昨天晚上又看電視看到很晚？我都快跑一趟來回了，你還在睡懶覺。」

手底下的小腦袋快速搖了搖，像是在賭氣，

「沒有啊？就是睡的，睡得太好了！」

白斌看他縮在被子裡，覺得身下的床也軟綿綿的，格外舒服，「浩浩往裡面躺一點，我也睡一會兒。」白斌脫了鞋，也不脫衣服，直接貼著丁浩躺下了，連丁浩的被子也拉過一部分蓋上，「這幾天太累了。」

丁浩被他擠得翻了個身，還不忘記搶自己的被子。

「白斌，你沒脫衣服！」他這可是剛拆洗好又拿出去曬了一天的被子，連他自己都不捨得這樣糟蹋。

白斌背對著他側躺，嗯了一聲，「就躺一會兒，司機去加油了，大概……」白斌看了看手錶，「大概還能躺二十分鐘吧。」

丁浩忽然被前面熟悉的熱度搞得有點緊張，又被那熱源引得忍不住往白斌那邊蹭了蹭。他探頭問，「你去幹嘛了，怎麼車子都跑到沒油了？白爺爺到底叫你去幹什麼了？」

旁邊的人見到他過來，並沒有跟平時一樣抱住他，只是伸出手捏了捏他的臉，「去學了一點東西。」

丁浩緊貼著他，能聞到一點跌打損傷藥膏的味道。這是去學什麼了啊？他還想再問，可那個人已經閉上眼睛睡著了。

◇

白斌家的司機很準時，二十分鐘內就把車停在下面滴滴地按起喇叭。

丁浩已經爬起來收拾好了，自己坐在那裡等白斌。還是揹著他的那個小書包，裡面的書也沒換，原封沒動地帶回去了。

白斌起來洗了把臉，看起來有精神多了，丁浩在旁邊看著他提議：

「要不然，吃點東西再走吧？你很早過來，肯定沒吃飯，李哥也沒吃吧？」

白斌家以前的那個司機跟白書記一起去了G市，這個是白老爺子那邊安排的，姓李，今年還不到二十歲，人很和善。

白斌想了想，上午也只要去買點參考書，沒什麼其他事，就答應了。

丁奶奶知道白斌要過來，特別多留了一點早點。一大盤的油條，早上剛買來的時候還很脆，現在就變得勉強溫了一點。丁浩要去熱一下，白斌說沒事，「就吃這個吧。」

跟來的小李司機也不挑剔，在廚房洗好手，順便幫丁浩把豆漿端出來，笑呵呵地說：「我們這幾天能準時吃飯就不錯了，這還是熱的，很好啦！」

丁浩看他們吃得很開心，看起來是真的餓了，又趕緊從鍋裡盛了一點皮蛋瘦肉粥。

丁奶奶知道丁浩在長高，生怕那挑嘴的寶貝孫子吃不飽，每次都會換新花樣，做了好幾道。

小鍋裡的粥不多，一人一碗剛好，丁浩早上也沒吃，坐下一起吃了。小李司機灌了一碗豆漿，啃了兩根油條才空出嘴來，「謝謝啊，丁浩！」

丁浩笑了，「一碗豆漿、幾根油條就這麼感謝我啊？那我再弄點燒賣、烤鴨，你們可得感動到流淚了，李哥，你這幾天都跟著他啊？」

小李司機比較厚道，還沒等丁浩套話就說出來了。

「是啊是啊，這幾天跟著白斌去訓練基地。有幾個人回來了，白老爺子說正好讓白斌跟著他們幾天，學一些本事。」

丁浩好奇了，看著白斌又問：

「什麼訓練基地啊？我們這裡還有這種地方？」

白斌吃得不慢，這時候已經開始喝第二碗豆漿了，聽到丁浩問，就跟他解釋了一下。

「XX警衛訓練基地，有幾個剛結束任務的海軍陸戰隊員回來了，爺爺說機會難得，就叫我去學打拳幾天。」

丁浩喔了一聲，「那之前問你，你怎麼都不說？」

「那個時候他們身上還有任務，不能說啊，要保密的。」

白斌笑了，把自己那碗皮蛋瘦肉粥往丁浩那邊推，「我吃飽了，你把這碗也吃了吧。」

丁浩不太愛喝豆漿，也就只有兩碗粥能拿來餵餵他。

旁邊的小李司機還在啃油條，他比白斌大上幾歲，這年齡完全跟他的胃袋成正比，一邊吃一邊跟丁浩吹牛：

「丁浩，你不知道那些人有多厲害。剛開始我不知道，就開車進去了，旁邊那個人硬是徒步追上來，追著我的車跑了幾百公尺！還一邊跑，一邊敲我的玻璃叫我停下來，真的嚇死我了……」

這個警衛訓練基地丁浩沒聽說過，估計也是對外保密的野外訓練營。不過那些出任務回來的人丁浩倒是猜到了一些，八成是去當高層長官的貼身保鏢，搞不好一個個職務都不低。

小李司機還在說白斌去學打拳的事，在那裡添油加醋，「呵，丁浩你是沒看見，他們一個個揹著水泥袋在院子亂竄，像出門買菜一樣，還能跟你微笑地打招呼。就單說教白斌的那個小個子，你說什麼他會什麼啊？散打、擒拿、格鬥、硬氣功……」

白斌第一次沒怎麼反駁，只是插了幾句，「不是水泥袋子，是負重裝，野外生存訓練時用的。」

丁浩更加堅信自己的想法了，趕緊把自己喝剩的半碗粥遞到白斌面前。

「那還是給你吃吧，這幾天都沒吃到肉吧？」

聽到白斌去了一趟野獸訓練營，剛才還不覺得，如今越看越像是受了苦，人都瘦了。

丁浩想的也接近事實，白斌去的地方的確是軍事保密訓練基地，那群人也的確是保鏢，都是一個個軍事過硬，層層選拔出來的高手。電視上成天有人訪華、出國，來什麼人都得小心保護啊，萬一出點意外就會發生兩國政治不友好。

正好，有幾個來這裡出任務，順便回來休假的，有一個還是白露她爸當年的戰友。白老爺子聽到消息也很心動，讓人貼身護衛，不如自己學點防身的好，於是透過關係把白斌弄進去，一起訓練了幾天。那群士兵的手腕的確很狠，就白斌時而去，時而不去的，差點被弄成了三級殘廢，外表看起來沒事，裡面不是青就是紫。不過白斌也很硬氣，只有這幾天還是有收穫。

白斌也不嫌棄他，直接接過那碗粥，三兩口吃光。

「有吃到肉，就是時間有點趕，規定訓練時間跟用餐時間是加在一起的。」

言下之意，就是你做不完訓練，就吃不了飯啊。丁浩一臉了然地看著白斌，眼神很是同情，「白斌，其實你……呃，學學也很好。」

丁浩半途改了要說的話，看著白斌笑了笑，還拍拍他的肩膀以示鼓勵，「很好，趁年輕多學點東西啊。」

旁邊的小李司機差點噴豆漿，丁浩說話的語氣絕對是跟白老爺子學來的，連動作都模仿得一模一樣。更要命的是，這句話早上白老爺子也湊巧說過一遍。

白斌估計也跟小李司機想到同一件事，揉揉丁浩的腦袋也笑了。

丁浩其實想跟他說不用這麼拚命，因為按現在的這個進度發展下去，白斌怎麼樣也能混到跟當年差不多。

當年他跟白斌出去的時候也有這種貼身護衛，絕對的中央待遇啊。不過，以後的事還是不要說出來的好，誰知道哪一句就是煽動翅膀的蝴蝶呢。丁浩看著帶著微微黑眼圈，還笑得很開心的白斌，覺得現在這樣很好。

吃飽喝足了，白斌又幫忙收拾好餐桌，丁奶奶還沒回來，不知道去找哪個老姊妹聊天去了。丁浩想了想，又留了張字條給丁奶奶。

雖然丁奶奶知道今天白斌要來接丁浩回學校，還是再跟老人說一聲好，才放心啊。

一路上的風景也還是那樣，就是周圍已經有房子在拆遷了，市裡規劃好了幾個專案，在這邊要蓋個度假村，周圍的房子估計也快要重蓋了。丁浩算了算時間，手頭的錢差不多能提前買一套平房，到時候拆得差不多了，就會直接賺回三倍，再過幾年，周圍的辦公大樓、大飯店一動工，那就不是個位數翻倍的問題了。

正想著，肩膀一沉，旁邊的白斌睡著，滑到他身上來了，丁浩連忙扶住他。

白斌估計是真的累了，一路上很顛簸，但還是睡得很香。

他的頭髮有點長了，微微垂下來，遮住一半的眼睛，顯得睫毛格外的長，鼻子很挺。以前跟他頂鼻子的時候還不覺得，現在跟他一碰到就能撞得中原一點紅。丁浩趁機捏了捏。

那個人還在睡，被捏久了也只是微微張開嘴，依舊閉著眼睛，連眉毛都不動一下。

丁浩笑了，壓低聲音問小李司機：「李哥，你們是今天早上剛從訓練基地回來的？他怎麼會睏成這樣？」

小李司機的精神倒是很好，從鏡子裡看見白斌睡了，也跟著放慢車速，儘量開得平穩一點。

他小聲回答丁浩：

「就是啊，早上六點剛回來，白斌也只回去沾了沾枕頭，沒睡多久就起來了，說要來接你去買書，我就一路開過來，連油都來不及加……」

他是司機，晚上沒有訓練，睡得自然比白斌多，何況白斌白天訓練時，他也能補眠。

小李司機這幾天一直都跟在旁邊，看著白斌訓練，也很感慨，「白斌滿不容易的，要上課、訓練還抽空查資料，樣樣不耽誤。」

丁浩看著快要躺倒在自己身上的那個人，已經睡沉了。

這傢伙一直都這樣，明明沒人逼他，非要弄到十項全能，現在倒好，累翻了吧？丁浩在心裡腹誹半天，最後還是抬頭跟小李司機改了目的地，「李哥，今天先不去買參考書了，你直接送我們去學校吧。」

這趟路途會花半小時或四十分鐘，讓白斌再休息一下吧。

丁浩難得發了善心，身上的那傢伙則已經進入深度睡眠，開始挑剔自己睡的姿勢不舒服，動了幾下，幾乎把丁浩也壓到歪倒在座位上，最後趴在丁浩的肚皮上蹭了蹭，哼了一句。

◇

星期天，學校裡人少，也幸好是子弟學校，好歹週末整天食堂都有飯吃，丁浩等白斌睡醒了，又一起去食堂吃了頓飯。

現在都下午了，也沒什麼好吃的，二樓的鐵板燒還有幾種，丁浩點了個黑椒鐵板牛柳，白斌不挑食，點了個最快的什錦炒飯。

食堂來吃飯的只有他們，沒一會兒就做好了。丁浩的鐵板不斷冒著香氣，一聞就很香，剛吃了幾口，對面那個人就吃掉半碗什錦炒飯了，動作上看不出來是怎麼吃這麼快的，就是那碗裡的飯逐漸遞減，引得丁浩忍不住也挖了一勺嘗嘗。

「這個好吃？」

白斌停了下來，「不是很好吃，太甜了。」

食堂新來的廚師是南方人，什錦炒飯裡的配料給得很足，就是愛加糖。

小女生們都愛吃，平時早就被搶光了，白斌是第一次吃，只是想吃快一點，沒料到不合胃口。

丁浩在家被丁奶奶大魚大肉地餵了幾天，正好看到這個色彩鮮豔的玉米粒、胡蘿蔔、黃瓜丁、火腿蛋什麼的一應俱全。聽到白斌這麼說，就拿自己的鐵板牛肉跟他換，「那我們交換吃吧？我還滿喜歡的。」

丁浩又嘗了幾口，嚼著裡面的各種小顆粒也很香，覺得真的比自己的那份好吃。白斌跟他一起吃習慣了，看到丁浩那份也覺得比自己的好吃，但他點的炒飯只有勺子，沒拿筷子，頓了一下，拿起丁浩餐盤上的筷子吃了。

丁浩吃飯的動作有點不自在，眼神瞄了幾眼白斌用的那雙筷子，猶豫了一下還是開口：

「白斌，那雙我剛用過，我再去幫你拿一雙吧……？」

白斌嗯了一聲，要答應不答應的，嚥下了嘴裡的牛肉才開口，「不用，我用了。」

丁浩看著自己的筷子從他嘴裡進進出出的，心裡的那股忸怩又湧上來。早上見到白斌，一起和和睦睦吃早飯的好心情也沒了，吃著碗裡的炒飯，也覺得沒那麼香甜好吃，陪白斌吃完了剩下的飯。

白斌看著那盤被挑光火腿、玉米，只剩白飯的什錦炒飯倒是笑了，在丁浩的額頭上不輕不重地敲了一下。

「怎麼還像貓一樣，挑食挑成這樣？」

他看到那邊還有賣點心的，又去買了一點南瓜餅帶走。丁浩從小就不好好吃飯，等等還沒到吃飯時間，他肯定就會喊餓。

吃完飯走出食堂，白斌看了看手錶，下午三點不到，又跟丁浩商量，「我們現在出去買書吧？還來得及。」

週日晚上是自習，七點才上課。

丁浩看看他已經淡了一點的黑眼圈，搖了搖頭，「過幾天吧，也沒有很急。」看白斌喔了一聲，又跟他客氣地說了一句，「你這幾天訓練很忙吧？要不要再回宿舍休息一會兒？」

這次白斌倒是立刻答應了，「好。」說完就拉起丁浩的手往回走。

他在路上睡了半個鐘頭左右，到學校後也沒怎麼好好休息。他那床被子好久沒睡，丁浩幫他拿出去曬了，他是躺在丁浩的床上瞇了一會兒，總覺得睡得不踏實。

回到宿舍，曬的被子已經收回來了，丁浩又去幫他鋪好，嘴裡還不忘了邀功。

「看見沒，白斌？你這種待遇絕對是五星的啊……」

白斌坐在旁邊，看著眼前的小孩幫他把床單攤平，被子一層層鋪好，又拍了拍，軟軟地印出一個手印來，這才大功告成地回過頭來對他得意，「下次記得給錢！信用卡、開發票都沒問題～」

白斌笑了，過去抱著他一起滾到床上，被子果然軟軟的，比中午一個人的時候舒服多了。

「好，這麼周到的服務我可不能錯過，我包月吧？」白斌緊貼著他蹭了蹭，整個人都陷在被子裡，人都暖洋洋的，忍不住又要睡，「好睏，浩浩陪我睡一下。」

丁浩推開他的臉就要起來，「我不睡，你自己睡吧，我還要看一下書，明天還有基礎考試，我還有一堆單字要重新背呢！」

白斌勒著他的腰，不讓他起來，又鬧了一會兒才鬆開，眼睛都睜不開了。

「那晚上別去上自習了，在宿舍看書好不好？」他有一段時間沒見到丁浩了，還沒親過他。

丁浩掙扎了一下，還是答應了。白斌這副樣子太讓容易讓人心軟，丁浩沒經歷過他這種近似於任性的要求。

他看到白斌睡著後，眉頭皺起來又鬆開，這傢伙到底有沒有認真地想那件事啊？就這麼不負責任地睡著了，真是太……太流氓了！！

丁小浩有點悲憤，拿著簽字筆在白斌臉上比劃了半天，還是不敢下手畫鬍子。以前白斌沒學功夫的時候不是對手，如今都學了防身的功夫，雖說只學了幾天，但要弄自己大概還是小菜一碟。

事實告訴我們，帶著負面情緒讀書是不對的，因為在這種復仇與不復仇的掙扎中，你寶貴的精力就會無形消耗。不專注的結果，就是看著一頁英語單字背到晚上，最後愣是連第一個字也沒記住啊，沒記住！！

丁浩覺得自己真的是跟英語犯沖，就這幾個字母來來回回，一遍、兩遍、三遍，根本就越背越亂，最後單字自己胡亂組合，在腦袋中結成一團混亂的球。丁浩抓了抓腦袋，眼看著要冒火了。

後面那個人唔了一聲，在這時睡醒了，「浩浩？」

丁浩的一腔怒火找到了一絲縫隙，冒了出來，回頭瞪大眼睛，「幹嘛！」

白斌被他的氣勢嚇了一跳，又看見他手裡的書，一下就明白了，「又背亂了吧？」

丁浩的氣勢頓時就消散了，這是他永遠不能言說的痛。白斌起來鼓勵了他一下，「沒事，我等等教你吧，很容易就背起來的。」

丁浩抱著他的手臂，磨過牙就咬下去，白斌則被他逗笑了。

「浩浩，別氣啊……好吧好吧，這次單字很難，我們等等一起努力？嗯？」

白斌舉起手臂搖了搖，丁浩跟著搖來搖去地不鬆口，他乾脆在丁浩的椅子上坐下，把丁浩從手臂上揪下來，連人一起抱住。看他氣鼓鼓的，在小臉上啃了一口，「那我也不太會，等等我們互相扶持，背背單字？」

丁浩腦補了一下午白斌的各種反應及對那件事的各種說法，如今等他醒了卻對自己又親又啃，丁浩不高興了，推開他的臉，自己從他腿上下來，「我要睡覺，不背了。」

白斌聽到後也跟著起來，他的被窩還很溫暖，再回去躺一會兒也是不錯的主意。

但是丁浩脫下外套放進壁櫥裡，轉身就要去對面床上躺下，一邊脫鞋一邊還對白斌揮揮手，「你自己去吃飯、上課，愛幹嘛就幹嘛啊，我睡了，你別吵我……」

白斌愣了一下，看到丁浩的床，一下就明白了。

這幾天丁浩都是自己睡，看他的意思，大有回來後也各睡各的打算。白斌皺了眉頭，坐在自己床上對丁浩伸出手，「浩浩，過來。」

丁浩在對面還很有骨氣，「我不要！我的床也收拾好了，自己睡很舒服……」

對面那個人臉色不太好，口氣還是很平靜，但聽起來就像是風雨欲來，說的還是那兩個字，「過來。」

不知道是不是心理作用，丁浩總覺得這次白斌加重了語氣。他吞了吞口水，眼睛四處亂飄，不敢看他。

「我不要。」

他還幫自己打氣。這、這是白斌的錯，他丁浩才是無辜受委屈的！

做了半天心理建設，這才對上白斌的眼睛說：「以後你自己睡吧，你別管我，我也不管你啊……！！！」

丁浩還沒說完就被白斌扛起來，扔回原位了，他整個人擋在床邊，一步步向他靠近，臉色這次是真的不好看了，連丁浩看到都覺得陰沉。這死小孩欺軟怕硬，看見白斌不笑了，也有點害怕。

「白斌，我我我、我自己睡總可以吧？你總不能一輩子都跟我睡同一張床，不是嗎？我們都提前適應適應……」

丁浩越說越覺得自己委屈，低著頭就不說話了，難不成是上輩子造的孽，這次也該輪到他吃點啞巴虧了？

「你不問我這幾天不回來，都去幹什麼了？」

白斌貼得很近，說話都會有熱熱的呼吸吹進耳朵裡。

丁浩聽見他說話，抬起頭來看他，一動就蹭到了他的嘴巴，白斌就那樣貼著他的嘴巴，笑了。

「我去查了一些資料。」白斌的嘴巴沒有離開，一說話就幾乎像是含著丁浩在親他，「資料上說，有很多方式，比如可以用手……」

丁浩的手被他握著，按在某個地方。摸著手底下硬邦邦的東西，丁浩的臉瞬間紅了。對面的人這次真的含住了他的嘴巴，輕輕吮咬著說：「浩浩，幫我摸摸吧？」

「白斌！！」

丁浩的臉漲得通紅，眼睛也是紅的，手被白斌用手按在那裡，抽也抽不開，咬牙切齒。

「你他媽的想了一個月，就想出這種事來？那你那天親我又算什麼啊？」

丁浩恨不得一腳踹開他，才動一下馬上又被纏得緊緊的，抱著他的人親了親他的頭頂。

「那天中午你醒著？」

「廢話！你一個大活人進來，連豬都醒了！」丁浩的眼睛還很紅。

他那天只是模模糊糊地覺得是白斌，如今被他套出話來，更是十拿九穩。這個人怎麼這樣？親了人就跑啊？

丁浩正掙扎著，抱著他的人又貼著耳朵說了一句，聲音不大，卻讓丁浩停下來不動了。

「浩浩，我希望下次能夢見你。」

白斌慢慢抱著他，手在他背上輕輕順著，像是在安慰一隻生氣的小貓。

「上課的時候，我們學過健康教育，浩浩也知道這是怎麼回事對不對？」

懷裡的小孩還是不說話。

「我回去之前……做了一個夢，內容是什麼就不跟你說了，總之，不是很好的夢……」

懷裡的小孩動了一下，白斌立刻低下頭去看他，「浩浩？」

那死小孩低著頭埋在他懷裡，看不見什麼表情，只有悶悶的一句話傳出來，「少騙人，老師都說是好夢……」

丁浩他們的健康教育課是國二上的，男女生分開。男生這邊是個男老師，展覽室裡貼著一堆照片給他們看，教他們這是什麼、怎麼回事。那個男老師也真的把他們當成大孩子，笑得很爽朗地告訴他們，做個好夢就長大了。

丁浩早就知道是怎麼回事，如今白斌還拿這個來敷衍了事，他才不信，又不能直說「老子早就知道了」，乾脆就搬老師的話堵他。

白斌的臉紅了一下，唔了一聲，「也就那樣吧，沒多好……」

丁浩的手還被他按在那裡，覺得手底下的東西明顯不老實了，臉也忍不住有點紅，呸了白斌一聲又要抽回手，嘴裡嘟囔著，「那你怎麼捨得醒來啊？」

「我夢見你哭了……」抱著他的人聽起來像是笑了，又低頭蹭了蹭他的臉，「哭得滿臉都是眼淚，一下子就嚇醒了。」

「放、放屁！」

懷裡的小孩臉更紅了，但也不再掙扎，老老實實地讓他抱著。

白斌一手抱著他，一手握著丁浩的手輕輕地在自己的那上面揉，聲音也放輕了一些，「浩浩？」

懷裡的小孩不說話，手跟著他動了幾下，慢慢地收緊握住……

丁浩的臉很紅，但還是把手放在上面，慢慢地幫他把褲子拉鍊拉開。這聲音在安靜的宿舍裡顯得格外大聲。

丁浩又想縮手回去，但白斌把他按在上面，隔著內褲都能摸到它的形狀。

「浩浩，你都答應了，不能賴皮。」

丁浩看了他一眼，手指在上面一點一點地按過去，輕輕動了一下，就覺得那東西起了反應。

「你這麼做，還真好意思啊……」

白斌抱著他，靠在脖子上蹭了蹭，「我查過書了，說是可以這麼做。」

丁浩喔了一聲，手指從上面鑽進去，貼身握住。

「書上也說，要我這樣幫你？」

白斌頓了一下，竟然還真的點了頭，「不過，你只能幫我。」

丁浩氣笑了，心倒是被他氣軟了。

這大概是白斌第一次對他撒謊吧？樣子看起來都有點緊張，丁浩收緊了手指，用掌心在前端幫他磨蹭，那個人果然又湊過來親他。

「浩浩，我也只要你。」

丁浩不說話，貼著他的嘴巴也回親了一口。白斌對他的這個親吻很是驚喜，抱著他一連親了好幾口，慢慢伸了舌頭進去。

丁浩的小舌頭起初還往後退縮，沒一會兒乾脆伸出來把他頂回去，試圖侵占他的地盤。

白斌跟他對戰幾個回合，覺得很有趣。這跟教英語的時候不太一樣，那時候勾著他的小舌頭也是這樣活動，但是不像現在有這麼多想法，如今帶了主觀意識進去，就體現出各種滋味來。

丁浩爭奪得很激烈，白斌怕他著急了，乾脆躺在床上讓他動作。

瞇起的眼睛能看到身上的小孩也紅著臉，認真地親著他，小舌頭進進出出的，還發出濕潤的聲音，滋滋的響，手也很勤勞，不輕不重地握著，一直上下滑動，還偶爾自己在頂端畫個圈什麼的。

白斌的眼睛暗了一下，伸手按住他的後腦勺，舌頭也捲舔上他的，加深了這個吻。

親著摸著，不知怎麼就滾到被子裡去了。

兩個人軟綿綿地糾纏著，白斌只顧摟著丁浩的腰，也不帶著他動作了。一開始還會指點他兩下，後來發現丁浩完全可以自己理解並達成預期目標，也就樂得空出嘴來，繼續親親咬咬。

身下的小孩氣息有一點不穩，喘氣聲變大了。白斌也覺得整個人熱烘烘的，一手還按著他，湊近親吻著，舌頭狠狠地探進去糾纏，另一手緊緊地抱住他，被握在那個人手裡的感覺更鮮明了。

白斌嘗著嘴裡的小舌頭，吮了兩口，喊著他的名字，「浩浩……」

兩人臉貼臉，身體貼著身體，丁浩都能感覺到手裡握著的東西一動就能蹭到他的肚皮，這感覺很刺激。

他不是第一次跟男人這麼做，但之前都是主導者，如今他跟白斌的差距太明顯，一看就是被要求的那個人，聽到白斌叫他更覺得心慌。

「白、白斌你快點……噯，別咬！！」

「那你就可以咬我？」聲音還帶著暗啞，聽起來卻心情很好，「不過，我喜歡你咬我，浩浩。」

手裡握著的已經濕潤了，套弄的時候會發出聲音來。丁浩躲開白斌的吻，別過臉趴在他肩上，只動著手。

抱著他的人也不嫌棄，把侵略的陣地轉移到他的脖子上，慢慢地舔了幾口，似乎是覺得丁浩動作慢了下來，又咬著他的耳朵催促了一聲。

一直摸到心滿意足了，那個人才放過丁浩。

丁浩手裡的液體還很溫熱，一時有點恍惚。白斌察覺到了，沉默了一下，小心地摟著他並一點一點地親吻著。

「沒事，這是正常現象，不怕啊。」還不忘了對丁浩灌輸錯誤思想教育，只是灌輸的方式太過溫柔，丁浩被他徹底俘虜了。

這個人，大概永遠都不會辜負他。

丁浩的眼睛被白斌連連親吻，都快睜不開了，癢得只想笑。

「我知道了，知道了，不害怕。」丁浩握著拳頭推開他，「你快放開我，讓我去洗洗啊！」

白斌仔細地看著他的神情，像是在確定什麼，看到他跟平時沒什麼不一樣才鬆了口氣，笑道：「好，我去放熱水，等等叫你。」

這次白斌老實了許多，兩人分開洗，又把放在桌子上的南瓜餅平分吃掉了。胡鬧到這個時間，早就沒飯了。

南瓜餅已經涼了，吃起來甜膩膩的。白斌難得沒意見，幾乎兩口一個，吃得比丁浩還快一點。

入睡前不免又要湊過來親吻一番。白斌對親吻的需求遠遠大於身體的接觸，他喜歡這種親密無間的小動作。

丁浩一做完睡前運動，沒一會兒就睡著了。白斌看著趴在自己懷裡睡著的小孩，心裡都都是暖的，貼著他的腦袋蹭了一下才捨得睡著。

◇

白斌在訓練基地認的那個小師傅待不到半個月就走了，也不知道去了哪裡，臨走的時候竟然拿著一本禮儀書，認真地學著。

丁浩見過他一次，覺得這個人真是不容易。那個人跟丁浩有一個共同點，就是對學習語言很傷腦筋，遇到往返出國的任務都忍不住抱著腦袋哀嚎：這他媽的鳥語世界！！

丁浩很同情他。因為他也快升上國三了，鳥語課程越來越密集，他有時候看著書，也忍不住學那個小師傅在心裡默默哀嚎：這他娘的鳥語課程！

大概是小師傅走了以後，白斌的訓練輕鬆了一點。這幾天聽說換了一位教他散打，這才又忙碌起來。

白斌出去訓練的時候，白老爺子不放心讓他一個人，特別安排了一個跟班陪著，是白老爺子的老下屬，當年在戰場上是白老爺子從彈坑裡揹他出來，因此撿回了一條命，對白老爺子一直很恭敬。

那位也是軍人世家，只是兒孫在這幾年下海經商，沒有再堅持以前的鐵骨硬氣，一聽到白老爺子要找個陪白斌一起去軍營訓練的人，立刻把自己的孫子送來。這個人丁浩很熟，以前一直跟著白斌，前前後後地，貼身不離，偶爾還會兼職，表面上照顧，暗中監視丁浩，任勞任怨，忠心不二，吃的是草，吐的是血……

咳，這有點太過火了，不過丁浩一看到他就開心了。這位不是別人，是白斌的黃金搭檔兼全職祕書——董飛。

那個時候的董飛還很青蔥，已經脫離了正太的樣貌，像個真正的少年。當然，那張臉在和白斌接觸不久的情況下，還是會有正常少年應該有的豐富臉部表情，比如微笑，再比如羞澀。

所以當董飛見到白斌，一個鞠躬，喊了一聲少爺的時候，丁浩就噴了。

董飛臉紅了臉，白斌則被他噴了一身牛奶，兩個人都很錯愕地看著丁浩。

丁浩有點不好意思，咳了一聲，「那什麼……你們繼續，繼續……我只是覺得，董飛啊，你喊得真是格外有氣勢啊！」

董飛剛來不久，他爺爺說了，以後得叫白斌少爺。又聽到丁浩誇他有氣勢，雖然有點摸不著頭緒，但也沒打斷他叫白斌少爺的決心，這個稱呼就一直這樣延續了下來。

董飛跟著白斌去訓練基地繼續學散打，偶爾一起做個體能訓練。

白斌白天要上課，會盡可能地不太過消耗自己的體能，只做了最基本的單手伏地挺身，但董飛不同，他爺爺給他的指標是完成各種訓練，不得榮譽，絕不歸家！

這孩子也死心眼，跟在那群士兵後面咬牙堅持，前兩次只跟了一半，後來漸漸能超時完成，訓練進入後期，已經能勉強負重跟著，不落後了。而丁浩跟白斌去玩過兩次，這死小孩真的是去玩的，還帶了洋芋片和巧克力，頂著笑臉，一個個給人家送溫暖。

「張哥！來塊巧克力吧？對，不含糖，絕對不含糖……知道你們有要求，特別拿了這種高級的！崔哥也來一塊？有有有，多的呢……」

遠古社會的時候，人們沒有統一文字語言，要向對方表達善意就是贈送食物，這種優良傳統直到現代社會，還是很有實際作用。

最起碼丁浩送溫暖送到人家心裡去了，大家都很喜歡丁浩，覺得這小傢伙嘴甜、懂事，說話也特別有意思。看見丁浩來了，都愛跟他打個招呼什麼的，有的還會主動教丁浩幾招特別陰險的動作，說是要讓他防身用。這年頭，別說大街上，就算在學校裡也有缺德的，得留幾手防身啊。丁浩也跟著學來玩，也不知道學會了沒，但是一直都不敢拿白斌來練習。

丁浩的好人緣是有原因的，這些人在這裡訓練，平時也看不見別人，只有白斌常來。但是這傢伙不怎麼愛說話，人看起來很和氣，但是接觸久了就知道這個人不是好惹的，有些愛鬧的也不太敢跟他搭話。

跟他在一起的董飛小兄弟也越來越有白斌的風範，閉上嘴巴、專心訓練，搞得他們這一段時間都被上面點名罵了一頓。上面說了，你們這幫大男人也跟人家孩子學著點，學學什麼叫青春！！

什麼叫青春？他們一幫大男人光著上身，趴在障礙欄杆上，看著場內那兩個在做小環境兩棲模擬訓練的小朋友，嘴裡還嚼著丁浩送的巧克力，偶爾拍拍手，叫他們快點加加油。

那兩個身影頓了一下，在炎炎烈日裡，繼續負重急行軍。

丁浩歪歪地戴著帽子，緊靠著他們，在旁邊一起看那兩個人摸打滾爬，嚼著泡泡糖感慨了一句：「嘖嘖，這就是青春啊！」

第二章　黑小子

天氣漸漸熱起來了，窗外的柳樹越來越茂密，知了的聲音也陸續響起來，這就意味著人也越來越容易犯睏。

大中午的，大家都回去午休了，教室裡就只有丁浩一個人趴在桌子上瞇著。歪著頭，正好看見後面白斌擺放的整齊課本，丁浩看了兩眼，又把頭轉到另一邊去。

白斌這傢伙，說是有訓練、有事要忙，就真的忙得不見人影，連下課跟他說句話都得儘量長話短說。更別說是午休的時候了，連碰到他都覺得很稀奇，只有晚上還知道要回宿舍。

丁浩這段時間長高了，正好遇到班上重新調位置，被分到第三排靠窗的地方。外面的暖風吹到身上很舒服，丁浩趴在桌子上，迷迷糊糊地快要睡著了。

教室的門被班上那群精力過剩的半大孩子用來夾核桃，夾到變形了，風一吹就吱吱嘎嘎地響，丁浩覺得像催眠曲一樣。春困秋乏夏打盹，這句話在丁浩身上得到了完全印證，這死小孩唯一的優點就是冬眠期比較短。

還沒睡著就被人捏住了鼻子，頭頂是熟悉的聲音，還帶著笑。

「睏了？怎麼不回宿舍睡？」看丁浩不動彈，又換手捏他下巴。

丁浩不用睜眼都知道這是白斌，拍掉捏著自己下巴的手，眼睛還是瞇著。

「別動手動腳的啊！公眾場合，捏別人下巴是犯法，屬於流氓罪啊……」

丁浩這幾天想去鎮上買套平房，為了簽合約，從白斌那裡拿了好幾本法律的書，抱著啃了幾天，說話都條理有據。

白斌看他懶洋洋的，又捏他的耳朵，小耳垂捏在手裡軟軟的。

「那你昨天還咬我，是不是我也該起訴你一次？我想想啊，你的情節比我嚴重，屬於隨意毆打他人造成輕傷，致使他人無法正常生活、工作……」

丁浩沒等他說完就開始磨牙：

「胡扯，你那是尋釁滋事行為！我是正當防衛。刑法都說了，打死都不算我的錯！」

這次是真的醒了。眼睛都睜開了，一口小白牙微微露出一點，像是在看哪裡比較方便下口，上上下下地打量著白斌並威脅他：「再說，你哪裡不能正常生活、工作了？你不正常一個給我看看啊！」

白斌這幾天都跑去學打拳，順便做了體能訓練，看起來結實多了，現在裝可憐都沒有以前那麼像。

昨天晚上，白斌在鬧丁浩，把丁浩惹生氣了，壓著他咬了好幾口。白斌沒什麼事，就是丁浩撞到了牙齒，捂著嘴巴差點掉眼淚，早上都是喝白粥，不敢咬東西。

這個白斌出去學得一身銅皮鐵骨回來，還好意思說被他咬得不能正常生活？

丁浩氣得用手在底下戳他肚皮，「尋釁滋事、尋釁滋事！！」

白斌緊貼著他坐著，一手握著丁浩在底下不老實的手，一手托著下巴看著他笑，「那你說說，我怎麼尋釁滋事了？」

丁浩張了張口又閉上，話沒說出來，耳朵先紅了，白斌靠過去：

「我猜猜，是因為晚上你睡覺流口水，就『體罰』你尋釁？」看著丁浩的紅耳朵，心情更好了，「還是那天我教你英語口語滋事？」

丁浩往裡面挪了挪，覺得自己遇到有教養的流氓了。再過幾年，白斌的學歷再高一點的話怎麼辦啊？在下面使壞戳他的手也沒了底氣。

「白斌你這是不道德的，你沒好好教我英語……」

白斌唔了一聲，「我覺得一句話糾正十幾遍發音也夠了。不過浩浩，你要求的話，我可以再多教你幾遍……」

「誰跟你說這個！你這不是常規教法，不正規！」

丁浩深刻地覺得自己吃虧了，摸著手底下那片隱約成形的小腹肌，更是各種羨慕嫉妒。白斌學打拳學了幾天，身材越來越好了，摸起來手感十足。

「我算是明白了，跟著你就學不到好東西，我得另外找個好老師……」丁浩說得酸溜溜的，覺得是不是先別管英語了，自己也去鍛煉一下身體，「下次和你去訓練基地，我不在旁邊玩了，我多少也得做幾個伏地挺身，這效果也太明顯了吧？」

對面那個人像是沒聽見他在說什麼，伸手摸摸他的臉，捏了捏，又移到嘴巴上。丁浩被手指碰到，一說話就要含進去，而白斌就那樣看著自己的手指，也不知道在想什麼。

丁浩側臉躲開，用手指著掛在後面牆上的一排全新監視器，有點幸災樂禍。

「白斌，你想上公告了吧？這裡有監視器喔！前兩天剛聽到張蒙被點名警告了，全校直播，哈哈，真過癮！」

白斌也笑了，在他額頭上彈了一下。

「只知道淘氣！聽別人的笑話就這麼高興？上次在家跟白露都講三遍了，還不夠啊？」

丁浩看著那一排監視器又笑彎了眼，拚命地搖頭，「不夠不夠，看熱鬧不嫌多！」

這些監視器有幾個是新裝的，舊的早就被學生們故意弄壞了。有的貼上白紙黏住了，有的直接把牆裡的電源線拆了，這可需要一點技術，一般人還真的做不到。可見各色菁英都是被逼出來的，說不定犧牲這幾台監視器，還能培養出物理學家。

新裝的這幾台監視器也是有原因的，前幾天學校發生了一件很熱鬧的事。

一個新來的教導主任在外面被人蒙頭打了一頓，被打得委屈得很，好不容易叫人來了，嫌犯也跑了。老頭拿下套在自己頭上的東西一看，差點沒氣死，這是他們學校的制服！

這怎麼得了，得嚴辦嘍！老頭跟校長估計也有那麼一點關係，回來後，還真的叫全體學生穿上制服，每個教室都認真地檢查了一遍。不過沒查出什麼來，也的確沒辦法查。

畢竟制服有冬夏款，各兩套，誰沒有替換的啊？老頭沒查出來，回去還叫囂，說要拿去司法部門鑑定如何如何，喊了一個星期也沒有人主動來認錯，他還想再鬧，就被上面叫去訓話了。

上面說：你是怎麼回事啊？誰讓你檢查全校學生的私人物品了？誰給了你這麼大的權力？！裡面的誰誰誰是財務局ＸＸ的千金，誰誰誰是教育局ＸＸ的親侄子，還有建設局、市政局、公安局的，你這種查法弄得民怨沸騰，今年還想不想讓學校評鑑得優等，想不想申請補助蓋新運動場了？這簡直是胡鬧！

教導主任挨了一頓罵，灰頭土臉地回來了，身心受挫，還是不甘心。老頭頂著烏青的眼圈在每間教室、走廊都換了新的監視器，要徹底徹查害群之馬。

不過，這件事還真的無法徹查。這間學校有個不成文的規矩，每年畢業生都要揍教導主任一頓，誰讓這些老頭閒著沒事，成天亂晃來抓人啊！學生也不容易，這個年齡情竇初開，還來不及跟喜歡的小女孩牽個手、說句話，你就把名字記起來，對全校公開警告，這也太缺德了，你怎麼知道早戀不好啊？

考研辦的人說了，絕大部分的研究生都是手拉著手鼓勵彼此，一起進入新學府深造的。當然，考上以後是不是還在一起就不深入研究了……咳，成年人的事有點複雜。

今年新上任的教導主任倒楣，國三那群人也太早打了，他回來這樣一鬧，說不定還會再打第二次。打得也沒有多狠，只是意思意思給個教訓，反正都畢業了，這幫人又沒一個好惹的，積了三年的這口鳥氣當然得出啊。

那個老頭憋著氣，還想逮到那個害群之馬，毫不鬆懈地盯著全校。也是，每個國中都愛弄幾個更年期的老頭、老太太，特別喜歡看著小孩犯錯。這種愛好很特別，整天坐在遠程監控大螢幕前，除了吃飯、睡覺、上廁所，一盯就是一個星期，好吧，還真的逮到了幾個。

這幾個屬於特別倒楣，完全是閒著沒事替自己惹的禍，你偷偷談個小戀愛也沒什麼，可是不要在監視器底下手牽手啊。

張蒙就屬於特別倒楣中最倒楣的，她是要幫另一個小女生遞紙條，但還沒遞到人家男生的手裡，兩人就保持著「手牽手」的姿勢被抓了。張蒙手上的紙條寫得還很簡約，四個秀氣的字「我喜歡你」……

現行犯！害群之馬、絕對的害群之馬！！教導主任很興奮，立刻對全校公開警告了，老頭差點截圖，貼到牆上示眾。

張蒙委屈得很。紙條是在她手裡，她也的確要遞給那個男生，但那是幫別人傳的啊！

那個小男生還是很靦腆，估計是第一次收到這種紙條，剛想叫家裡找人來說情，張蒙就在教導主任室鬧了這一齣：

「這紙條不是我的！是XXX的，她叫我幫她傳給XX，再說了，我不喜歡XX，要傳也不是傳給他啊！」

張蒙屬於沒心眼的人，妳白頂了罪名也討不好，叫她幫忙的小女生默不出聲，接到紙條的小男生也很不高興，結果三個人一起被全校公開警告了。

教導處的老頭倒是很高興，懷著一種看三角戀情的心態細緻地觀察了他們，嗯，不錯，這是一樁大案子啊。

丁浩自從聽到張蒙被全校公開警告後，一直很期待再來一段更精彩的。這死小孩完全是B型血，愛看熱鬧的心態。

等了幾天，張蒙可能被家裡收拾了一頓，老實多了。那一頭微微往內彎的頭髮也被強行拉直，看起來倒是順眼不少，猛地看過去，還真是個長髮飄飄的清純小美女，前提是不說話的情況下。

這種情況跟丁浩很像，兩個人不說話時都很好看，一開口就不行了。一個呆傻，一個毒賤——這是白露的評語。

白露這麼說時，正好是星期天，回去看見她哥跟丁浩坐在沙發上看電視，兩人坐在一起高下立見，一個天上，一個泥裡啊。小女生一臉感慨，老丁家的基因完全好在臉上。

白露看著丁浩的表情很傳神，這次丁浩跟她難得心有靈犀了一次，「噯，白露，妳是不是在心裡說我膚淺、沒心眼啊！」

白露很欣慰，他終於領悟到了。

白露歷經了千辛萬苦，終於等到革命勝利的日子——她要上國中了。
但這也是個壞消息，因為她一來，她哥就要去上高中了。
小女生在心裡安慰自己，這是革命的初步勝利，要再接再厲、努力下去。升上國中後，並不比在小學的時候能常見到她哥，就算見到了，大多數時候也是跟丁浩在一起，使白露有點不滿。

◇

吃午飯的時候，白露特別去找她哥一起吃，剛到二樓就看見在窗戶旁吃砂鍋麵的丁浩。這次只有丁浩一個人，看見白露還對她招了招手，「白露，來這裡！」
白露皺起眉頭，端著餐盤過去，「我哥呢？」
丁浩笑了，「妳是複讀機啊？成天『我哥』、『我哥』的說個不停。」
丁浩咬著筷子，吃了口米線。
今天是星期五，限量供應五十份酸菜砂鍋米線。
丁浩這方面的能力向來比較突出，馬上就盛好米線開吃了，看到白露一臉求知若渴，還是好心地告訴她，「白斌今天提前去基地訓練了，跟董飛一起走的，估計下午就回來。」
白露喔了一聲，也動筷吃了兩口。她餐盤裡葷素搭配得很好，都是從小養成的好習慣，跟丁浩那種挑食的不一樣。

白露吃了幾口，又問：「那我哥下午還會回爺爺家嗎？」

白露她爸是入贅女婿，所以白露跟白斌一樣，都叫白老爺子爺爺。

星期五下午只有兩節課，她跟白斌都習慣先回白老爺子那裡彙報一下這一周的情況。

丁浩想了想，「沒有吧！」之後接得有點沒底氣，「他說他下午有事情，要去別的地方……」

也幸好，白露一向以白斌為最高指示，一聽到他有事，連問他要去哪裡都沒問。

丁浩鬆了口氣，趕緊吃完後送白露回教室去。在路上還碰到了丁泓，白露有禮貌地跟他打了招呼。丁泓對白露印象深刻，見到她就忍不住想起「少年犯」這個詞，打招呼的時候都有點臉紅。

丁浩想到他跟白斌以後都不在國中部了，又囑咐丁泓，讓他多照顧白露一點。雖然白露看起來也不像是會被欺負的人，但是多認識一些人還是好的。

丁泓答應了，很熱情地問白露：「最近大家都在報名參加表演，過一段時間，我們和其他幾個學校有個聯合匯演，獎品很豐富。白露，妳也報名參加吧？我都聽說了，妳以前在學校是文藝股長啊。」

丁浩笑了，戳戳白露的手臂使壞道：「白露，妳就報名妳最近練的那個吧？滿勁爆的啊。」

丁泓也滿感興趣地追問，「什麼啊？」

白露挑起眉看著丁浩，「你是說，我最近跳的那個印度舞？」看見丁浩搖頭，又說，「空手劈磚？踢木板？單手伏地挺身？花式甩啞鈴？？」

丁泓已經不說話了，他腦海中浮現出一副畫面：白露小妹妹穿著印度舞娘裝，「哈！」地一聲，赤腳俐落地劈斷幾塊木板……

這真的太勁爆了。

丁浩還在那裡跳來跳去，跟白露一起排表演，轉身就撞到了一個人，書本撒了一地。

「啊！對不起，我沒看到這裡有人……」

丁浩趕忙蹲下來幫忙收拾，對面那個人也很和氣，「沒事，是我沒拿穩。」

丁浩覺得聲音很耳熟，抬頭看了一眼，那個人低頭在撿書，一副戴舊了的眼鏡鬆鬆的，快要從鼻梁上滑下來，一股書生氣息，看起來倒是很面熟，想了半天才想起來。

「張陽？」丁浩試著喊了一聲，見到那個人也抬起頭來看他就笑了，「還真的是你啊，怎麼轉到這間學校來了？」

被丁浩半路撞倒書的果然是張陽——那次被李盛東揍了的斯文小子，如今臉上的傷也好了，看起來還真是個不錯的小白臉。

張陽顯然也沒料到能碰到丁浩，有點驚訝，「你也在這裡上學？」

丁浩點了點頭，把撿好的書的都放在他手裡，「是啊，我一直都在這裡上學，你不知道嗎？我以為我奶奶都念到全鎮都知道了，哈哈！」

張陽也笑了，眼睛在鏡片後面微微彎著，「我以為你跟李盛東很熟，跟他是同一間學校的呢。」

白露跟丁泓把掉得比較遠的幾本本子撿回來，還給張陽，張陽很客氣地道了謝。白露覺得這個人一看就是好學生，跟丁浩不像同一掛的，扯了扯丁浩的衣角問：「這是誰啊？」

丁浩的眼睛轉了轉，來不及說話就被白露喝止，「丁浩，說實話啊，別耍小心眼吹牛，多大的人了，還玩這種把戲，很沒品耶！」

丁浩的眼睛轉了一半，就那麼頓在那裡，差點翻成白眼。丁泓噗哧一聲笑了，連張陽也笑了出來，主動過來幫丁浩解圍。

「我是張陽，以前是鎮立國中的，現在轉到這邊的三年級實驗班了。」

「喔喔，你就是最近找來的特優學生啊？」

丁泓聽說過實驗班，那是學校新組的四個班級，用英文字母排序，不算在數字班級裡，都是從別的學校特別找來的好學生，免除費用不說，還倒貼生活費，專門來提高學校的升學率。沒辦法，這子弟學校良莠不齊，升學率忽高忽低的，一直不穩。

丁泓聽張陽說完，看著他的眼神滿是崇拜，「真好，我明年要是能在實驗班隔壁上課就知足了！」

白露哼了一聲，覺得丁泓沒志氣。實驗班很了不起嗎？她哥還在一班呢，數字班裡最好的班級，她以後要也是去一班。

張陽對丁泓的眼神不怎麼在意，倒是一直看著揉眼睛的丁浩，大概是沒想到有人能翻白眼翻到眼睛痛，又補充了一下跟丁浩的關係，「我之前出了點事，丁浩幫過我一次……」

丁浩回過神來，聽到張陽這麼說又忍不住插嘴，「噯，什麼叫幫過你一次？我那是救了你一命……」

白露一臉嫌棄地看著丁浩的瘦小身子，又上下瞄了一遍張陽的身高，這兩人的身高差了半顆頭，要是真的救了一命，還不知道是誰救誰呢！

張陽看著丁浩，嘴角彎起來，「那好，丁浩算是……我的恩人吧？」

丁浩這才滿意地拍了拍張陽的肩膀，「好孩子要知恩圖報，以後成功了，別忘了我，賺到錢也別忘了我。」

白露被丁浩的無恥激起一身雞皮疙瘩，拉著丁泓就走，「快走，快走，丁浩又發作了，再待下去小心被傳染！」

丁泓只來得及回頭對丁浩揮揮手，還來不及說再見就被白露拖上了樓梯。

張陽看著那兩個人走遠，又問跟著他的丁浩，「你不跟他們一起去？」

丁浩笑了，「我去幹嘛？那是國一國二的教室。」

看到張陽不明所以，又跟他解釋：「我跳了兩級，也是國三生，跟你的教室是在對面，三年一班。」

丁浩到了教室門口，指著掛在上面的鐵牌，看到張陽在那裡歪著頭不太相信，正在想要不要找個證人出來驗明正身時，還沒說話，證人自己就來了。

白斌在門口探出半截身子，看著丁浩，「浩浩，快上課了，怎麼現在才來？」又看向貼著丁浩站著的人，不動聲色地打量了一下，「這是實驗班新來的同學吧？」

白斌觀察得很仔細，這個人很陌生，沒見過，又抱著一疊各科目的課本，制服穿得很整齊，戴著的眼鏡度數似乎很高，看起來書卷氣很濃。會以這種好學生形象出現的，也只有對面新開的實驗班同學了。

丁浩嗯了一聲，幫忙介紹：「這是張陽，他家離我奶奶家很近，沒想到能在這裡碰到他。」又扭頭跟張陽介紹，「這是白斌，你知道吧？我覺得全鎮凡是知道我的人，都知道白斌，哈哈哈！」

這輩子他算是跟白斌扯在一起了，不過都是好事，跟白斌在一起，功課特別好的丁浩、跟白斌在一起，特別懂事的丁浩……諸如此類的稱呼還是不錯的。

白斌顯然也想到了那一串形容，手按在丁浩的腦袋上揉了揉，也笑了，「知名度高這麼開心啊？」

丁浩得意了，「那當然，我完全可以去接代言了，到時候錢三七分，你三我七……」

丁浩還在說，就聽到旁邊的張陽跟他道別，「丁浩，我先回班上了，以後再聊。」說得客客氣氣，像是瞬間戴了一層面具，還微微對丁浩點點頭，「上次的事很謝謝你，醫藥費多少？我可以還給你。」

丁浩覺得這個人很沒意思，剛才說笑時還很好，怎麼馬上變臉了？他也皺起眉頭，「我不需要，三塊五塊的，你記那個幹嘛啊？」

張陽倒是完全不在意丁浩的態度，只專注於他說的內容，認真地跟丁浩做了保證，「五塊是嗎？我記住了，下次會還你。」說完就抱著書，回自己教室了。

丁浩被他這句話說得心情沉悶，用手臂拐了一下白斌，「噯，白斌，我剛才是哪句話惹到他了？怎麼像是我特別小氣，逼他還錢一樣，還瞬間變臉，真不知道他在想什麼。」

丁浩後來跟白斌說了自己見義勇為的事，白斌看著那個轉身離開的張陽皺起眉頭，他覺得這個人不像丁浩說得那麼懦弱。

「白斌，我很小氣嗎？」

白斌低頭看著憤憤不平的丁浩，靠著他唔了一聲，「是很小氣，剛才還說我三你七。」

丁浩笑了，「沒有人記仇的啦！你下午還要不要去我家啊？小心不給你飯吃！」

這就是丁浩中午吃飯時跟白露敷衍過去的內容，白斌下午有事要忙，忙著去丁浩家玩。

白斌也笑了，伸手來回捏著丁浩的臉，小聲地說了一句，又被丁浩架了一記拐子。

這次挨打是應該的，因為白斌被丁浩帶壞了，竟然說了這麼一句不要臉的，他說：不給我吃飯，我就吃你。

丁遠邊的部門分派房子，他的年資排下來居然在中游，選了個不錯的樓層，簡單裝修了一下就搬了新家。房子不大，兩室一廳，這次丁浩也有了自己的小臥室。

丁媽媽對丁浩一直住校的事耿耿於懷，生怕自家寶貝兒子缺乏家庭溫暖，對丁浩的房間下了一番功夫打理。想到丁浩個性活潑，特別選了天藍色的窗簾，連床上也是配套的淡藍色床單，看起來格外清爽。

大概在所有媽媽眼裡，孩子永遠都是孩子。丁媽媽還幫丁浩準備了兩顆糖果枕頭，也是藍色條紋的，填得圓滾滾，很是可愛。

丁浩對那兩顆糖果枕頭很是無語，不過白斌倒是很喜歡，一來就抱著躺在床上，還蹭了蹭，「滿軟的。」

白斌像隻大型貓科動物一樣，臥在床上的姿勢優美，身體線條流暢，配上他的臉完全可以就地取材拍下來。唯一的遺憾大概就是他手裡抱著的那兩顆大號糖果枕頭太過甜美，跟這種氣質不太搭調。不過，倒是散發出一種頹廢的甜膩，讓人看得心癢癢。

丁浩撲上去，壓在他跟枕頭上面，「我送你一個，你拿回去抱著睡？」

白斌靠著丁浩，把那兩顆糖果枕頭丟到一旁，伸手抱住丁浩後趴在丁浩頸間蹭了蹭，「不要，我有更好的。」

丁浩被他弄得發癢，推開他的腦袋，叫他起來，「白斌，跟你說了多少次，別老是對脖子噴氣，癢死了……」

越推越纏人，後來乾脆壓上來，整個腦袋都快鑽到丁浩的T恤裡了。丁浩慌了一下，「白斌，別、別在這裡，我媽還在外面呢，等等就進來了……」

抱著他的人停了一下，把腦袋伸出來，又幫丁浩把衣服拍平，頭髮也弄順了，看起來還有點心不甘情不願，「那好吧。」

丁浩用頭撞了他的頭一下，「你還很委屈啊！」

白斌抵著丁浩的腦袋蹭了蹭，慢慢地親了親他，只是嘴唇接觸，連牙齒都沒有碰到。丁浩一直瞄著門，時刻注意著門鎖有沒有動。白斌對他的不專心很不滿意，停下來揉了揉他的腦袋，「好吧好吧，我去收拾東西。」

白斌這次來，又跟上次去丁奶奶那裡一樣，帶了一整袋齊全的洗漱用品和日常換洗的衣服。丁浩看他像在占地盤一樣擺放著各種東西，忍不住笑了，「給我留點地方啊，白斌！」

◇

國三算是小高考，雖然子弟學校有可以直升的高中部，但是升學要求很嚴格，大家都有一點緊張，不自覺地開始加強複習。

白斌現在也不怎麼去訓練了，把重心漸漸轉移到學業上。他的成績一直都很穩，直升是沒有問題的；丁浩的成績也不錯，只是英語還是徘徊在及格線邊緣，完全是靠其他的科目拉分。

白斌倒是很喜歡教他英語，特別喜歡糾正他的發音。

董飛去訓練基地的次數也明顯少了，但是還堅持著。他的出發點跟白斌不一樣，課程只要不落後就可以了。只是有一次董飛回來時，眼角帶了一塊烏青，白斌看見了沒說什麼，下午送了一個藥箱過去給他，委婉地提示他不要帶傷在學校到處走，被有心的人抓住這個傷口做文章、記個過，甚至取消考試資格都是不值得的。董飛點點頭，記住了。

一連幾天沒事，但星期五的時候臉上又明顯帶了一塊烏青，捂都捂不住，乾脆包紮了一下，別人問起，就說是摔下樓梯了。白斌皺起眉頭，跟董飛談了一下，當天午休的時候也去了訓練基地。

下午丁浩一來，就看到白斌右邊的半張臉都貼著繃帶，嚇了一跳，「這是怎麼了？」

白斌沉默一下，「從樓梯上摔下來了……」

丁浩才不信，狐疑地看著白斌裹得像包子一樣的半張臉，湊過去小聲問他，「是不是被人打了？」

白斌挑了挑眉毛，丁浩一看這反應，就知道自己猜對了！立刻幫白斌撒謊，跑去老師那裡請假。

「老師，白斌得了腮腺炎，這是嚴重的傳染性疾病，我請求帶他去醫院檢查，然後回家休息！」丁浩騙起人來一本正經，比做報告還嚴肅。

老師也嚇了一跳，往白斌那裡看了看，果然看到半張貼著厚厚紗布的臉，從遠處看就像腫起來了一樣。正看著時，白斌還低著頭咳了一聲。沒錯了，腮腺炎有早發或晚發的，症狀是有點輕微發燒！

白斌、丁浩都是好學生，再加上今天正好是週五，下午也只有兩節自習課，老師立刻同意了丁浩的請求。

丁浩拿著白斌的書包，當了一回小跟班，一副體貼的模樣，還時不時拍拍白斌的後背說一句，「行不行？能走吧？我揹你吧？」

白斌的腳步頓了一下，儘量不影響到右邊固定好的繃帶，慢吞吞地回他，「可以的。」

丁浩像沒聽見一樣，還在安慰他，「堅持住啊，白斌，加油，馬上就到了……」

這死小孩壓根就是客套，完全沒有要揹人的意思。白斌看著丁浩的樣子忍不住想笑，但右臉被繃帶貼著，一動就僵硬，勉強扯了扯嘴角，「浩浩，你扶著我吧？」

丁浩把他手臂放在自己肩膀上，「這樣？」

白斌點了點頭，真的把整個身體的重量移過來讓他撐著。丁浩被他壓得一個歪腰，伸手戳了戳他的肋骨，「白斌，你夠了，差不多就好了……」

「我受傷了。」那位癱在他身上的人還說得理所當然。

「你傷的是臉，不是腿！！」

好不容易把白斌弄回家，進門的時候倒是把吳阿姨嚇了一跳，「這是怎麼了？」

白斌一進門就自己站直了，貼在臉上的繃帶還沒揭下來，說話都有點彆扭，「沒事，我在基地訓練不小心蹭到的，已經做了消毒。」

吳阿姨又提了小藥箱給白斌，「再擦點藥什麼的吧？我去燉點好吃的給你補補，成天又訓練又學習的，累壞了吧？」

吳阿姨跟他們的時間久了，幾乎是看著白斌、丁浩慢慢長大，不自覺就心疼，「浩浩也在這裡吃吧？阿姨還買了你愛吃的雞翅，我們煮可樂雞翅吧？」

丁浩應了一聲，「謝謝吳阿姨！那這次不用規定數量了吧？」

丁浩以前挑食，吳阿姨生怕他長不高、長不結實，給丁浩雞翅都是配合其他的青菜，還先數好了數量，白斌小時候才常常幫丁浩偷雞翅。

吳阿姨聽到丁浩這麼說，上下打量了一下丁浩的小身子，摸了摸他的腦袋，笑道：「這次比前陣子來的時候又長高了啊，不錯，鼓勵你幾對雞翅！我們這次儘管吃啊。」說完，又忙著做飯去了。

白斌捧著小藥箱去樓上的臥室，丁浩自然也跟去伺候傷患。

白斌坐在床上把小藥箱遞給丁浩，沒等丁浩準備好，就自己順手把貼在臉上的繃帶撕下來，丁浩趕忙拿出酒精棉花棒和消炎的藥膏，幫他處理一下。

繃帶在臉上貼的時間有點久，撕下來都有膠布的白痕了。丁浩湊過去小心地捧著他的臉看了又看，一臉疑惑不解，「白斌，我說你的傷在哪裡呢？」

白斌伸出舌頭，在右邊唇角舔了舔，「這裡。」

丁浩這才找到一點微微的烏青，用酒精幫他擦了擦。那麼一點地方，白斌不幫他指出來還真的找不到，丁浩很鬱悶。

「這麼一點小傷，你也包得那麼嚴實啊？誰看得出來？」看到白斌不說話，丁浩又動了歪腦筋，喔了一聲後湊過去笑他，「白斌，你是不是怕人看到會笑你？是不是，嘿嘿？」

白斌看著他壞笑的模樣，在他屁股上拍了一掌，那死小孩居然一臉「真相被我發現了」的樣子。

「果然，惱羞成怒了吧？我就知道你死愛面子，那麼一點傷算什麼啊？你自己舔一舔就好了……唔！！！」

話還沒說完就被白斌含住了嘴巴，舌頭伸進去攪弄一通，丁浩推都推不出去，被他按著後腦勺，結結實實地啃了一會兒。

這次的親吻一點都不美好，丁浩推開白斌，一連呸了幾口，很是後悔。

「我剛才就不該幫你擦酒精！！難吃死了！」

白斌倒是笑了，自己從丁浩手裡接下消炎的藥膏隨便摸了一點，「有些事就算知道也不能說，你懂？」

丁浩眨了眨眼，立刻又有精神了，「白斌，你真的是怕丟臉才貼這麼大一塊繃……」

這次丁浩來不及躲，就被抓住按在身下了。不聽話的孩子必須接受教訓。

丁浩再次獲得自由、能開口說話的時候臉上緋紅一片，連喘氣都是斷斷續續的。壓在他身上的白斌也有點臉紅，嘴角上的藥膏早就沒了，幸好是可以內服的那種藥，不然這兩人又得治完外傷再治內傷了。

白斌的衣服被扯開了一點，丁浩可以看到他身上也有點青紫，像被人打了一頓，丁浩有點驚訝，「白斌，你真的被人家打了啊？」

白斌挑了挑眉，似乎對丁浩的這個評語很不滿意，「那個人傷的也不比我輕。」

丁浩又掀開一點看了一下，還好，只是皮外傷，看起來很嚴重，其實過幾天就消了，比起那種專門在骨頭縫隙處用力的陰險招數好多了。

丁浩看著他又問，「那個人就是打傷董飛的人嗎？」

白斌想了想，「不是故意傷害，是在練習對打時傷到的，兩個人都出手太快，沒控制好。」

丁浩喔了一聲，伸手在白斌受傷的地方小心地摸了一下，「你這也是沒控制好？那是什麼人啊，值得你下手這麼狠？」

白斌都傷成這樣了，那位估計損失也不小，丁浩想不通基地裡什麼時候來了一位願意跟白斌、董飛對打的傻子。

「又有新人來了？不是教官吧，應該也是跟你們一樣去學打拳的。」

白斌咬了咬丁浩的鼻梁，「浩浩真聰明，一猜就猜對了。」

丁浩很得意，小鼻子又翹起來了，「我當然聰明！那新來的是誰啊，這麼厲害……？」

白斌這次不回答了，對著丁浩的鼻梁舔舔咬咬，丁浩扭著身子不讓他咬。

「嗳嗳，怎麼回事？你破相了也想把我弄毀容啊？不行，不行，你這太惡毒了！」

丁浩的鼻梁保衛戰一直持續到吃晚飯，下樓的時候看起來比白斌嚴重多了，整個小鼻子都是紅的。

吳阿姨看見，忍不住噗哧一聲笑出來，紅鼻子配上丁浩一臉嚴肅的模樣，太有喜感了。鑒於丁浩平時的作為，吳阿姨很迅速就下了定論：

「浩浩啊，下次下樓梯小心點啊，別再摔跤了，你看，把鼻子摔的……哈哈哈！」

白斌在旁邊也噗哧笑了，低著頭拚命地抖肩膀，他跟董飛想用這個理由沒用到，被丁浩撿走了。

丁浩一臉抑鬱，默默地架了白斌一記拐子。

◇

白斌嘴角的傷沒幾天就消了，學校老師很關心他，特別囑咐可以多休息幾天。丁浩正好也想休息幾天，丁奶奶的身體有點差了，丁浩想回去看看老人。

自從上了國三，丁浩天天都是數著日子過的，按照以前的記憶，他這時才剛上國中。丁浩記得丁奶奶是在他升上國二開始，身體漸漸變差，丁遠邊兄妹三人對老人都很關心，雖說會時不時地回去看看，但是都沒有把老人的身體情況想得太嚴重。

丁奶奶得的病是高血壓，說簡單一點，生活富裕了，幾乎人人都有點血壓偏高，說嚴重一點，就是身上有一顆不定時炸彈，不知道什麼時候會爆炸。普通人的血壓是低壓八十，高壓一百二，丁奶奶平常都超過了一百三，有點太高了。

今年檢查身體的時候，醫生還特別開了一點降血壓藥給丁奶奶。老人心疼錢，總覺得那是補品，吃了沒多大的效果，還覺得浪費。

丁浩知道，高血壓最關鍵的就是不能生氣、要注意調節飲食、多多運動，特別買了幾盒比較好的，拆下包裝送過去，說是從醫務所買的。丁奶奶對醫務所的價位很放心，吃起來藥效也明顯很好。

老人現在是一個人住，偶爾張蒙她媽會過來陪陪她，母女聊聊天，日子過得很舒心。丁浩每天晚上都會跟丁奶奶通個電話，這幾天遇上週末，是在白斌家打給丁奶奶。老人跟平時一樣囑咐丁浩不要給人家添麻煩，丁浩答應了，正想掛電話就又聽見丁奶奶喊他：

『浩浩啊，有空記得回來，我們家院子裡的石榴熟了，又紅又甜，奶奶都幫你留著！』

丁浩應了一聲，鼻子有點酸，他都能想像到丁奶奶那張慈祥的笑臉，跟小時候一樣，手裡拿著兩顆裂開的大紅石榴，一邊招手一邊對他笑著說「都幫浩浩留著」……

丁浩跟丁奶奶又說了兩句才掛電話，盯著話筒，半天沒回過神。

他死過一次，知道生命的可貴，也就更加無法想像丁奶奶突然離去的事……也許，該讓大家更重視丁奶奶的身體，丁浩默默地想著。

他記得丁奶奶去世的時候丁遠邊痛哭失聲，就連不怎麼說話的大伯、多事的姑姑也哭到爬不起來。無論有什麼矛盾過節，他們都是無法改變的血親，都是同個母親養大的兒女，這一點是永遠無法改變的，他們是一家人啊。

丁浩的心情很沉重，白斌一進來就發現了。他把幾件晾洗乾淨的衣服分類放進櫃子裡，貼著丁浩在床邊坐下。

「怎麼了，家裡發生了什麼事？」白斌知道這個時間丁浩會打電話給丁奶奶，握著他的手又問，「奶奶的血壓又升高了？」

丁浩搖搖頭，「沒有，那些藥很有用，血壓很穩定。」頓了一下，又補充了一句，「下次我去謝謝張醫生。」

這位張醫生跟丁浩有些不可告人的祕密……咳，丁浩跟白斌第一次一起睡覺就是被他抓包在床上。具體來說，是在眾目睽睽之下，一把掀開了白斌的被子，拍著丁浩的屁股說了一句「別裝睡啦，尿床的小朋友！」，臨走時還送了丁浩兩盒印象深刻的兒童優酪乳。作為回禮，丁浩送了老頭一顆泡泡糖，兩人至此結下了深厚的友誼。

白斌在丁浩的臉上捏了捏，他知道丁浩是想丁奶奶了，開他玩笑轉移注意力，「需要人家的時候就叫張醫生，不需要就叫張老頭？」

丁浩哼了一聲，看見白斌放在一旁的迷彩服問他，「明天要去訓練基地？」

白斌點點頭，「你上次不是說要去看看那個人？」

丁浩有了興趣，「那個人明天要來？」

他跟白斌去過幾次，並沒有看見那個打拳很厲害的小子。聽裡面的士兵說，那傢伙也是跟白斌一樣，是靠關係送進來的，只是時間沒有白斌他們寬裕，每次都是來去匆匆。丁浩一直很想去看看那位仁兄，聽董飛說，年紀不比他們大，只是拳頭很硬，完全沒有正式學過，打起來剎不住。

白斌嗯了一聲，「我幫你拿了一套迷彩服回來，尺寸可能還是大了點，你先穿，等有合適的再換。」

訓練基地發了新的制服，白斌、董飛他們都拿了一套，丁浩看到也覺得想要，要了好幾次。他身材嬌小，一直沒有他能穿的。他為了這件事跟白斌嚷嚷好幾次了，喊著要吃鈣片，被白斌拒絕了。

白斌覺得丁浩這個身高在同齡人裡算不錯了，還有再往上長的空間，沒有必要吃鈣片增高，只是默默地記住了丁浩要迷彩服的事，翻找了幾天，幫他弄來了一套。

丁浩看起來很滿意，摸了摸那身海洋迷彩，明天他也要穿這個神氣一次！要是再有一身叢林迷彩就更帥氣了。

丁浩看著床下那雙新靴子，覺得這個藍色有點太亮了，不過默默想了一下帽子，也就釋懷了。藍色的帽子比綠色的好戴，基地裡的那群士兵一直都在拿這件事說笑。

丁浩的手指頂著那藍白迷彩的貝雷帽轉了幾圈，看起來很得意，都吹起口哨了。

「浩浩，你不試試衣服？」白斌洗漱完了，看見衣服原封沒動，問了一句。

丁浩早就扔下帽子，縮回被子裡去了，伸出一隻爪子連連擺手，「不用不用，一看就知道能穿。」這是又懶了。

白斌也不勉強他，坐在床邊擦乾頭髮。丁浩看著他說：「我幫你吹頭髮吧？」

白斌想了想，他現在還沒要睡，要再看一會兒書，等書看完，也差不多乾了，不過讓丁浩幫他吹頭髮似乎也是個不錯的主意。

白斌沒用幾秒就決定了，「好，我去拿吹風機。」

白斌拿來的吹風機很小，是旅行用的迷你型，平時也不怎麼用它。丁浩拿在手裡上下掂量了一下，「白斌，這個不是玩具吧？」打開電源，吹出熱風後還在嘟囔，「風力就只有這樣，要吹到什麼時候啊……」

「你先答應的，不可以賴皮。」

被服侍的人倒是很舒服，還堵住丁浩的嘴巴。這壞孩子成天偷懶，這種事不能姑息。

暖風一絲一縷地吹到頭上，加上在髮絲間穿插的小手，按在頭皮上的力度也適中，真的很舒服。白斌閉著眼睛享受了好一會兒，「浩浩，你還有其他衣服要拿去洗的嗎？吳阿姨在樓下收衣服，我把你今天的也送下去了。」

白斌剛才拿衣服進來的時候就想問了，但丁浩剛講完電話，心情不好，現在看起來好了一點，這才有時間問他。

暖風變成冷風，又交替地吹了幾次。

「沒有了，我如今除了身上穿的，都被你拿走了，你沒看見我都不敢離開被窩了？」

丁浩的睡衣跟白斌的是同一個牌子，圖案也是差不多的小方格，只是丁浩的明顯要挽起一截褲管。他沒有白斌那麼高，買的尺寸卻跟白斌一樣。

「你不會真的要等我長高了，才讓我換新睡衣吧？」

白斌嗯了一聲，不顧丁浩對睡衣的抗議，只是轉身讓丁浩繼續吹側面。他喜歡丁浩跟他穿一樣的，看到小孩挽起褲管走路就覺得特別可愛。

丁浩梳了梳白斌的頭髮，確認吹乾了，「好了，這個太小了，我都不敢一直吹熱風。」丁浩拿著的小吹風機還滿燙的，放在白斌手裡還給他，這死小孩還不忘占點便宜，「下次要幫我服務啊。」

白斌笑了，點頭說好。

丁浩的迷彩服沒辦法穿，因為他昨晚偷懶沒檢查的結果就是上衣勉強能穿，但褲子太大無法將就，一穿就掉下來。

丁浩提著褲子很鬱悶，想了想，還是換上平常穿的衣服跟白斌去了，董飛和小李司機已經在樓下等了。

董飛現在住在白老爺子那裡，看起來比剛來的時候內斂許多，越來越有金牌祕書長的架勢。他看見白斌過來，又慣例地喊了一聲，「少爺。」

丁浩今天沒有逗他的心情，看到董飛那一身迷彩服很是羨慕。軍服是最能裝飾人的，穿上這一身，肩膀上別著貝雷帽，看起來格外有精神。

◇

這一路上很順利，沒碰到幾個紅燈。市裡的車也漸漸多起來，通常碰到紅燈就會塞車。出了市區，沒有多遠就是訓練基地，那塊地看起來像家屬住宅區一樣，但進去後會發現場地很大，舊房子裡裝修得也不差，設備更是沒話說。

丁浩跟白斌來過好幾次，對這裡很熟，一到就去室內訓練館等了。白斌他們要先跑幾圈熱熱身，一來就打拳很容易拉傷肌肉。

正等著時，就看見一個穿著迷彩服的人進來了，身材瘦高，揹著一個包，長得還可以，就是有點黑。

那個黑小子悶不吭聲地把包包放在一旁，開始對沙包練習，左右直拳、擺拳、擺肘、前頂膝、肩靠……

丁浩光聽到那一聲聲落在沙包上的聲音，就覺得這要是落在身上肯定特別痛，看著那個黑小子對沙包發狠，就往旁邊躲了躲。

小心地看了半天，丁浩就看出了一點端倪。這傢伙的左拳明顯比右拳有力一些，而且控腿能力不是很好，空踢的動作看起來有點生硬，應該是剛開始練的。丁浩盯著那個黑小子的左手看了一會兒，難怪了，這種力度的話，白斌的臉倒也傷得不冤枉。

那個黑小子進來後並沒有跟任何人交談，好像眼裡只能看見那個沙包，沒一會兒就打出了汗，停下來脫下外套又喝了點水，然後只穿著迷彩背心繼續練拳。

訓練基地是輪休，假日也有不少人，知道在室內訓練館能看到熱鬧的人也跟來湊熱鬧，圍了十幾個人看他們比賽。

其實也算不上比賽，頂多就是互相交流、學習一下，那個黑小子一看就知道是喜歡實戰的高手，看見董飛、白斌進來也不盯著沙包了，對他們打了聲招呼。董飛估計也跟他打出交情了，也對他點點頭，又低頭跟白斌小聲地說了句什麼，去中間場地跟黑小子過招。

白斌走到旁邊，跟丁浩一起站著看，丁浩連忙把手裡的礦泉水遞給白斌。

「喏，先喝點水吧。」這瓶水是丁浩特別幫白斌拿的，知道他跑步會流汗，要補充水分。「白斌，你是不是想讓董飛先去把他體力耗光，你再繼續打？」

這死小孩滿腦子都不是什麼好主意，眼睛一轉就會動些歪腦筋。

白斌接過水喝了兩口，聽到丁浩這麼說也只是笑了笑，眼睛一直盯著場地內的黑小子。

「那可不一定，董飛第一個跟他對打其實是占了便宜。」

中間場地是用圍繩固定的空地，六平方公尺大，做了簡易防護，董飛跟那個黑小子分別戴上了軟頭盔，幫他們計時的小師傅很盡職，看到他們準備得差不多後還詢問了一下，「好了嗎？」

董飛點了點頭，對面的黑小子也點了點頭，這傢伙似乎對戴著的頭盔不太適應，還搖了搖腦袋，這個無意識的動作倒是有幾分可愛。不過接下來的動作可完全稱不上可愛了，那根本是放出籠子的野生幼狼，拳頭很硬，動作敏捷，是個長得黑，心也黑的小子。

董飛跟白斌一樣，是正經八百地教出來的，一招一式都有理有序。這黑小子完全是野生放養、自學成才，從不按套路出牌，幾次正面對打下來，董飛就吃了虧。不過大概是跟他對打過幾次有經驗了，也及時作出防禦，並沒有傷到。

跟董飛對打的那個黑小子看起來年紀也不大，動作卻很老練。出拳的時候完全沒有留一手的意思，勾拳、擺拳，力道迅猛，一氣呵成，沒有任何假動作，看起來像憑直覺出拳，不把對方打趴誓不甘休。

丁浩的眼睛都睜大了，他跟著來過幾次，也看過正規隊員的對打訓練，這黑小子一開始就速度這麼快，等一下體力就會不足了吧？

白斌看出丁浩的疑惑，趴在他耳邊跟他解釋了一下。丁浩聽了直眨眼，「這、這是他的熱身動作？」丁浩有點頭暈，之前那一頓捶沙包還不算熱身，人家才剛開始，而董飛就是那道開胃菜。

果然，不到三回合，董飛的點數就扣光了，那個黑小子把防護頭盔摘下來扔到一旁，頂著那短短的刺蝟頭看著白斌，「下來！」

白斌把手裡喝了一半的礦泉水瓶放到丁浩手裡，又把外套脫下來，「浩浩，我過去了啊。」

丁浩抱著外套對他笑，做了個加油的手勢。

那黑小子看到白斌下來，也沒把頭盔撿起來戴上，猶豫了一下，還是咬了個牙托。看神色，明顯對那個玩意兒很抵觸，表情像是幫狼狗戴上了嘴套，心不甘情不願的。

白斌向來不占人便宜，也只咬了個牙托。他們打的是三分鐘一局，那黑小子果然熱完身了，左拳明顯靈活了不少，第一局稍稍領先，後兩局被白斌拖住了。白斌做事的目的性強，一招套一招，慢慢壓過那黑小子的勢頭，試探、引誘、扣腕、反擊！

黑小子吃了幾次虧，學聰明了，甚至開始慢慢模仿白斌的幾個動作，都是最直接、攻擊力最強的幾招。用得最好的還是左拳，力量很大，白斌被他震回來過幾次，這傢伙完全是用自己的拳頭說話。

丁浩挑挑眉，拿礦泉水瓶碰了碰旁邊的董飛，「噯，他叫什麼？」

「肖良文。」董飛一直關注著場上的人，仔細思考自己還需要改進的地方。「這傢伙很厲害，前兩天來的時候只有左手會打拳，現在雙手和步伐都不錯了。」

丁浩喔了一聲，對那個沉默的傢伙越來越感興趣，「這個人很有意思啊。」

白斌保留著自己的力氣，同時消耗著對方的，耐心地等待時機。如果一直快速攻擊，黑小子會占一點便宜，他的拳頭猛、反應又快，一旦壓住對方打，完全可以在三回合內結束。但是白斌從上次受傷起就開始觀察他的動作，基本上摸清了他出手的規律。

閃打！防禦狀態滑步！配合假動作反擊！等肖良文揮空，還來不及收拳的時候揮出一記上勾拳擊中他的腹部，接著另一手又是一記擺拳！

五局三勝，白斌勝。

丁浩對走過來的白斌吹了一聲口哨，眼睛都笑彎了，一邊送水一邊遞毛巾，「不錯，不錯，白斌看不出來啊，你還滿能打的！」

白斌還沒說話就被別人從後面叫住。

「你下午還來不來訓練？」

後面的肖良文已經揹上包包，衣服胡亂地披在肩上，頭上沁出一層薄汗，看著白斌問：

「我下午還有一個小時，我們再打一場吧？」

白斌沒想到他會主動過來搭話，想了想，還是拒絕了，「抱歉，我下午有事不在，不過明天的話可能會再來。」

肖良文喔了一聲，也沒說什麼，對白斌跟董飛點點頭後走了。

丁浩看著那傢伙的背影，覺得還真的有點高手的風範。白斌拿過丁浩手裡的衣服穿上，捏著丁浩的臉把他轉回來，笑了，「我們也該回去了，今天爺爺叫我們去那邊吃飯。」

白斌這週五有事，沒去跟白老爺子做例行的一週彙報，週六下午特別過去補上。

白斌跟白老爺子在書房彙報了一下午，也不知道在說些什麼，聊個不停，丁浩看著客廳的大掛鐘，肚子咕嚕咕嚕地叫。他餓了。

旁邊的董飛估計也餓了，都喝第三杯水了。董飛準備起身倒第四杯水的時候，白斌跟著白老爺子從二樓小書房出來了。董飛跟丁浩連忙站起來，「白爺爺好！」

白老爺子看見丁浩也滿高興的，正準備問問他在學校的近況就聽見丁浩的肚子唱了空城計，老頭笑了，「先吃飯吧，我們邊吃邊聊。」

沒外人的時候，老頭對孫子輩們還是很寬容的，餐桌上也沒有講究。

一頓飯吃得賓主盡歡，白老爺子年紀大了，很早睡，剛看完新聞沒多久就要去休息。白斌也起來說要去休息，白老爺子很通情達理，「你們還小，不用陪我這個老頭子早睡早起，星期天不上學，多玩一會兒吧。」

白斌送了白老爺子一步，搖搖頭，「不用了爺爺，我們白天訓練了一天，也有點累，想要早點休息。」

白老爺子喔了一聲，表示理解，看到後面的丁浩也跟著站起來去二樓，又隨口問了句，「白斌啊，你還是跟浩浩睡同一間啊？這麼大的小夥子了，有點擠吧？」

白斌扶著白老爺子，臉上笑了一下，「他人小，不怎麼擠，爺爺，這麼多年來我都跟浩浩一起睡，習慣了。」

白老爺子看了上樓梯的丁浩一眼，那死小孩正好往下面看，看見白老爺子在看他，立刻在樓梯上立正站好，笑嘻嘻地行了個軍禮。白老爺子被他逗笑了，摸摸鬍子，進自己房間休息去了。

丁浩大老遠看到白斌跟白老爺子嘀嘀咕咕地說了幾句，心裡沒來由地感到害怕。他這是典型的做了虧心事心虛了，等到白斌上來就跟他咬耳朵，「你爺爺跟你說什麼？」

白斌握著他的手帶他回臥室，「沒說什麼，就問問你最近有沒有又調皮。」

丁浩不信，「不對，我覺得不像啊，要不然我們先分開睡吧？老是睡同個房間，被別人看見……」

丁浩從白斌手裡抽出手，他看見董飛也上來了。白斌不肯，又握緊了一些，保持著這個姿勢跟董飛打了招呼，「也這麼早休息？」

董飛像沒看見兩人手牽手似的，點了點頭，「嗯，白天的訓練很累，我先去睡了，明天還要去訓練基地？」

「嗯。」

丁浩看兩人跟平常沒兩樣地交談著，忽然覺得，這是不是就是「習慣成自然」？

白老爺子這裡是三層建築，老人住一層，白斌跟董飛各有一間臥室在二樓。本來也有丁浩的，但是從準備好後都沒用過，漸漸就放了一些雜物進去，變成儲藏室了。

丁浩總覺得白老爺子最後跟白斌嘀咕了些什麼，還是不放心，跟白斌商量著，「要不然我們先分開睡吧？」

「不要。」白斌想都不想就拒絕了，拒絕的理由還滿理所當然的，「浩浩，我們不是一直都在一起嗎？分開睡做什麼？」

丁浩憋了半天才悶悶地說：「你說，你這幾天哪裡變了啊……現在能跟以前比嗎！」

白斌笑了，過去抱著他，靠在他肩膀上蹭了蹭，「沒事，我有分寸。」

丁浩對這個「有分寸」很鬱悶。怎麼說，白斌這個人處事嚴謹，絕對不是縱欲派，但也絕對不會委屈自己就是了。所以，這個有分寸就是為了健康定時運動。

運動的方式有很多，不過最近偏愛的是丁浩的手，丁浩摸著手裡的東西上下滑動著，覺得自己真的是……適應能力越來越強了，竟然會答應做這種事情。

白斌叫了他一聲，「浩浩。」

手掌在丁浩頭上揉了揉，明顯很不滿他走神。好吧，這位少爺最近越來越挑剔了，丁浩認命地幫手裡的小小斌，把以前幫自己DIY的那份本事用了一遍，照顧得體貼周到，雙手捧著，上下交替動著……

拇指滑過頂端，惡意地揉搓了一下，白斌忽然拉過他並吻上來，唇舌糾纏，在他嘴裡舔舐，嘟囔著他的名字。丁浩來不及拿旁邊的紙巾，等從這個吻裡回過神來的時候，手裡已經濕漉漉的了，連衣服也噴到了一點。

丁浩氣得咬了一口還在親他的白斌，「又弄到我衣服上了！你要我怎麼穿啊！」

「洗一洗穿就好了。」白斌的聲音還帶著剛才的滿足，又親了親丁浩，丁浩覺得這可能又是要命的地盤意識。

白斌，你的潔癖呢……你對地板、窗臺，甚至對門的縫隙都要求整潔的潔癖呢？

白斌抵著丁浩的額頭，還不忘誇獎他，「很舒服，浩浩真厲害。」

丁浩的額頭上滑下幾道黑線，他覺得有必要跟白斌說一下。

「那什麼……白斌，你就一點罪惡感都沒有嗎？我還未成年……當然你也是未成年，我不是那個意思，我是說……你讓我這樣、呃，幫你就沒有一點愧疚？」

白斌想了想，「我以後也會幫你。」

不是這個問題啊喂！！

丁浩的嘴角都快抽筋了，那邊吃飽喝足的人又開始啃咬著慣例的甜點。比起用手做，白斌似乎更喜歡兩個人之間的親昵，鼻尖蹭著鼻尖，落下細小的親吻。

「浩浩，一起睡吧？」

丁浩被他的親吻纏住，猶豫了一下，也伸手抱住了他。

第三章　一點個人恩怨

星期天上午去的時候，那個黑小子還沒來，白斌開始訓練沒多久，丁浩接到了一通電話。那個時候剛推出手機，白老爺子幫白斌弄了一隻，丁浩平時都拿來玩貪吃蛇。打電話來的是白露，簡要地說明了她今天下午要去為文藝匯演彩排，想問問白斌要不要去看。

丁浩一手抓著手機，一手捂著嘴巴喊：「白斌，你今天要去學校看白露彩排嗎——」手機裡的小女生也扯開聲音大喊：『丁浩你小聲點，別大喊啊！』白露變成女人後，也知道害羞了。

白斌跟董飛還在做體能訓練，今天的任務排得很滿，跟帶他們的小師傅商量了一下，決定先不去學校了。白斌過來接過電話，跟白露解釋了一下，又想了想，「要不然我讓丁浩代替我去看看吧？都是一樣的。」

丁浩搖了搖頭，使勁做口型：我不去啊，我才不去！！

電話那邊估計也是同樣的內容，白斌看著丁浩笑了，揉揉丁浩的腦袋，又跟白露說了幾句，「那好，我等等看看吧，如果訓練早點結束我就去，是在新館那裡吧？」

電話裡的聲音很小，白露只有對她哥才會這麼溫柔。丁浩太瞭解白露了，她這是想在白斌面前表現一下自己，白斌不去她就滿失望的了。一失望，再失手，排練搞砸後被刷下來，還是會拿自己來出氣啊。

丁浩想得沒錯，白露還真的被刷下來了。

白露參加的各校聯合文藝匯演在市裡也算是個大事，凡是有點名氣的國中都參加了。可要是想被選上，還得經過層層篩選，優中選優，才能送上去代表各自的學校爭取榮譽。參加這次文藝匯演的人多是高年級的學生，白露在裡面就像一棵小蔥，水嫩是很水嫩，就是身材曲線不足啊。

白露的獨舞在第二輪被刷下來了，老師看她的底子好，又把她編進了團體舞。白露還沒從獨舞被刷下來的情緒裡回過神來，就又開始了排練。

那個團體舞叫《劍舞江南》，名字很美，編排得也不錯，是仿唐宋的舞蹈。服裝還沒拿來，不過聽看過的人說也是仿古的樣式，做得相當精緻。現在加上白露，已經編了二十個人在裡頭，而老師看起來還有再加人的想法，完全是人海戰術。不過，效果還真不錯，一出場就很震撼。

劍舞裡面有些動作難度很高，尤其是領舞的，有幾個騰空跳躍和側摔，紮紮實實地掉在木地板上，摔得手臂、腰上都青紫一片。之前領舞的小女生吃不了那份苦，主動要讓賢，老師看白露的身手很俐落，就換白露去試試。白露的身體底子好，沒幾下就學會了，這跟她之前學過武術也有很大的關係。

武術裡的動作都是一通百通的，白露做起側摔的動作也乾脆俐落，看起來比之前那個領舞的小女生跳得還有朝氣，生機勃勃。

白露排練得很高興，丁浩那裡也沒閒著，兩隻眼睛都高興得瞇起來了。不為別的，就是看見那黑小子越挫越勇，越勇越挫的拚勁覺得很有趣。

那個黑小子是接近中午的時候才來的，還是揹著一個包包，頂著刺蝟頭，一來就進場地跟白斌對上了，他現在不怎麼喜歡跟董飛比劃。

董飛拿著自己的東西，默默地站在丁浩旁邊往場地裡看，丁浩在一旁安慰他，「沒事，等你變厲害，人家就會正眼看你了！」

董飛覺得這句話聽起來不怎麼像在安慰人，但是看到丁浩一臉真誠，更鬱悶了。

「看比賽吧，別說話。」董飛覺得白露說得沒錯，老丁家的人都不能開口說話，一開口就硬生生破壞了那一張漂亮的臉，特別不和諧。

肖良文一上來就跟白斌打了三局，不知道他是怎麼想的，每次都跟昨天一樣被白斌用同一招扣了點，那傢伙還不改。第四局的時候，眼看又要被按在軟繩上打到出局，他那小背包裡的電話滴鈴鈴地響了。這比什麼都管用，那黑小子直接從臺上跳下去，直奔向小背包，沒等到響第二遍就接起來，看起來很緊張。

「喂？」

肖良文站得離丁浩不遠，一扭頭就能看見他的側臉。這黑小子長得的確是不賴，就是眼神太利了，看起來不大好相處。

丁浩看得很仔細，忽然用手臂撞了撞董飛，小聲地問他，「噯，你看見沒？他臉上的紅印子……」

董飛雖然沒轉過頭，但是眼神也在往那裡瞟，自然也看見了肖良文臉上的紅印。那幾道從鼻梁上撓下來的抓痕，靠近後看起來還滿明顯的，只是這傢伙長得黑，才不容易發現。

董飛頓了一下，小聲地回答丁浩，「好像是養了寵物吧，上次跟他打拳的時候，還看見他背上被抓了好多道痕跡，還有出血的……」

丁浩很好奇，心想這個人還養寵物啊？看起來也不像會伺候嬌貴物種的啊。

正在思考時，肖良文已經接完電話了，「好，我這就出去！」

他轉身回到場地就喊了暫停，跟白斌道歉，「我先出去一下，有點事，馬上回來。」又問了白斌，「你今天不會走吧？我想跟你打完這一場。」

見白斌答應了，這才抓起手機就往外跑，連自己的背包都沒拿。

丁浩站在那裡愣住了，他沒想到這個戰鬥狂也會有突然棄權逃跑的時候。

再看看白斌，也正一臉感興趣地看著肖良文跑步離開的背影，似乎也很好奇是誰的電話讓這小子這麼緊張。白斌見到丁浩看過來，就對他招了招手，「浩浩，過來一下！」

丁浩跑過去，踩著臺子的邊緣從軟繩之間探頭進去，「什麼事？」

白斌指了指丁浩手裡抓著的礦泉水，「我要喝水。」

丁浩喔了一聲，要下去幫他拿，「這瓶我喝過了，你等等，我再去拿一瓶新的……」

人還沒下去就被白斌按住了，「我喝這個就行。」

白斌拿過丁浩手裡的水，擰開蓋子喝了兩口。丁浩看他喝得很慢，嘴巴含著自己用過的瓶口有點彆扭。

這、這是不是就是那個間接接吻啊……丁浩上輩子試過很多吻，就只有最純情的間接接吻沒試過。

抬頭又看了一眼，白斌已經喝完了，用最後一點水淋在臉上，拍了拍，水珠從鼻梁上滑下來，落在嘴角，又流過下巴。

丁浩覺得這傢伙是故意的，你你你、你喝個水，這麼性感幹嘛啊！！

白斌低下頭跟他抵著額頭蹭了蹭，笑著說：「謝謝你的水。」

丁浩的耳尖不爭氣地紅了，別過頭說了句不用謝。

不過一會兒，尚良文就回來了，嘴巴裡像是塞了什麼東西，說話也不怎麼靈活，「好了，我們再來。」

丁浩多看了一眼，原來是牙托，心裡不由得驚訝了一把，這傢伙剛才接電話出去，不會是為了拿牙托吧？

肖良文垂頭喪腦的，越看越像是被硬套了嘴套的狼狗。

再打的時候，那黑小子明顯改了手段，腳下的閃躲也更靈活，一看就知道是回去受人指點過了。可到了最後，還是用自己的招式跟白斌較量，左手直拳，沒有任何花哨的動作，完全是憑自己的直覺和力量把白斌的攻擊扛回去！

這次是白斌後退了半步，差點歪倒身子。

白斌有點驚訝，看著他的拳頭了然地點了點頭，「你的左拳很好。」

肖良文收回拳頭，對白斌點了點頭，「你也防禦得很好。」

出拳的人是最有發言權的，他明顯感覺到這一拳的力量並沒有對白斌帶來什麼傷害，大半的力道都在中途中卸掉了。

白斌對這個黑小子很有好感，這個人的拳頭力量從他們認識的時候起，就不停地變強，尤其是他的左拳，正面防禦得不好，就會落入被壓著打的境地。白斌跟他碰了一下拳頭，表示這局結束，「還打嗎？」

肖良文看起來神色也放鬆了一些，左手跟白斌的對碰，搖了搖頭，「不打了，我只是想試試自己的左手能打到什麼地步。」

「很不錯！」白斌說得很誠心。

在絕對的力量面前，再好的閃躲和防禦都會受到一定的傷害，這傢伙看起來固執，其實走的是最近的路。知道自己的長處，揚長避短，才有利於最大地發揮出自己的力量。

白斌喜歡聰明的人，對聰明人的鼓勵更是毫不吝嗇，「只憑左拳的話，你在基地裡也算是厲害的了。」

「當然。」

肖良文倒是很不客氣，揹上他的背包就走了。他對自己的力量很有自信，尤其是對自己的左拳——這是他目前吃飯的傢伙，他的自尊和驕傲，無論什麼時候，都是靠自己的拳頭捍衛的。

這傢伙一走，室內訓練室的人也都散了，董飛自動自發地出去做體能訓練了。這孩子是真的受到了刺激，肖良文今天來了之後，都沒正眼看過他一眼，壓根不把他當成對手。如今他跟白斌也打得差不多了，估計下一步很可能就是基地裡的士兵們。

那些男人們也很興奮，好幾個摩拳擦掌、準備自薦。這年頭，要碰上打架狂也不容易，人生寂寞啊。

白斌在室內館裡多休息了一會兒，丁浩在旁邊陪他，坐在軟繩上晃著腳。

「白斌，那個肖良文滿厲害的啊。」丁浩的眼睛亮晶晶的，這孩子對什麼感興趣了，從來都毫不掩飾，「我看他打拳真爽快！董飛說他的右手也很狠，你感覺出來沒有？」

白斌正坐在旁邊喝水，嗯了一聲。丁浩嘀嘀咕咕地又說了半天，最後掀開自己的袖子，戳了戳軟軟的小手臂，嘆了口氣：「我什麼時候也能有那樣的肌肉啊！」

丁浩今天穿的也是一身迷彩服，因為新發的那套實在沒有他能穿的尺寸，白斌就去幫他買了一身差不多的，褲管還是有點肥大，折了兩折。丁浩坐在高處晃著，時不時露出一小截腳踝。

「……崔哥還跟我打賭，說是下次見面要是能讓這傢伙說超過三句話，他就送我一把瑞士軍刀。」丁浩說得很高興，完全沒注意旁邊的人臉色變了，「白斌，你說崔哥的軍刀不會是假的吧？我很想要那把軍刀……」

白斌沒說話，伸手握住了丁浩晃來晃去的腳踝，探進褲管，慢慢往上。丁浩嚇了一跳，想起身躲開，但是被軟繩卡住，沒成功。

「噯！噯！這麼多人在看呢！白斌，你注意一下公眾形象……」

白斌的手停在丁浩的小腿上來回摸了幾下，說得很慢，「沒人。」

白斌的掌心貼在小腿肚上，一片溫熱，丁浩卻覺得像快熱烙鐵一樣，渾身不自在。扭頭往旁邊看了看，還真的都走光了，丁浩嘴裡還在嘟囔，「這些人也跑得太快了。」

他踢了踢小短腿，想把捏著他小腿、吃豆腐的爪子甩掉，「沒人也不行，快點放手，等等被董飛看見，會去跟白爺爺告狀啊！」

白斌最近越來越喜歡在外面跟他親暱，讓丁浩有點心慌了。他也想過坦白從寬的事，但是沒這麼早啊，現在坦白只有被嚴辦的份，他才不吃這種虧呢！

白斌一使勁，把丁浩從軟繩上拉下來，伸手抱在懷裡。

丁浩被他接住了上半身，屁股摔了一下，幸好地上有防護的墊子，也沒有多痛。只是丁浩很委屈，伸手就推開蹭過來的大腦袋，「有話好好說啊，不能動用暴力手段解決！你要我下來，直說不就好了……唔！！」

丁浩沒成功推開，被按著後腦勺、堵住了嘴，被人啃啃咬咬了一頓，舌頭也沒逃過，含住後使勁吸了兩口才放開。白斌抵著他的額頭，氣息也有點不穩，「浩浩，你覺得董飛打拳打得怎麼樣？」

丁浩還沒從這一吻裡回過神來，又被他這突如其來的一問弄得更迷糊了，「啊？啊，滿好的啊……」

白斌抱著他，使勁蹭了蹭，「那你以後可以說董飛打拳的事，不要總是提別人。」

丁浩被他抱在懷裡，聽著他一下一下的心跳聲。不知道是白斌剛運動完，還是他身上特別暖，丁浩覺得自己渾身都發燙起來，把頭埋進白斌的衣服裡，悶聲說了句什麼。

白斌聽見了，眼裡都含著笑，揉著他的腦袋叫他出來，「咦？我沒聽清楚，浩浩，再說一遍吧？」

「我、我說你打拳……最帥！」

充當土撥鼠的人還是被抓了出來，一張小臉都憋紅了，眼睛倒是很亮。白斌看到這雙眼裡滿滿的都是自己，心裡像是被蜜糖塞滿了，連最深處都融化了，嘴角也忍不住翹起來，貼近他的，「是嗎，浩浩一直在看著我？」

丁浩被他按在角落裡，身後是護欄，再也無處可躲，偏了偏頭還在嘴硬。

「廢、廢話！檯上就只有你們兩個，我不看你，要看誰啊……」

這是自作孽，還有比這樣更挑逗人的嗎？白斌就著他偏頭的姿勢，慢慢地貼上去吻他，一點一點地吞吃進去，含住下唇咬了一口，那個人就立刻配合地張開了嘴巴。他們合作過無數次，這種小默契早已成形。

白斌伸舌頭進去巡視了領土，每一顆牙齒都不放過，直到身下的小孩不耐地唔了一聲，這才捲住他的小古頭，細細品嘗。舌尖與舌尖接觸，滑膩的觸感怎麼嘗都不夠，手忍不住也從衣服下襬探了進去，摸到那一片細嫩的皮膚，慢慢往上。

白斌勾住他的舌頭與他纏繞，輕微的水聲作響，手指一點一點地往目的地接近，終於碰到那小小的突起。跟人一樣，碰一下就硬得像小石子，反應出奇地敏感可愛，白斌忍不住捏住它，來回揉搓幾下……

「白、白斌！」身下的小孩不配合了，咬了他嘴巴一下，硬是推開他，臉上還紅著，「你的手……拿出去！」也不怕被人看見，自己伸手進去往外拖，「別捏！痛死了！」

白斌不動，任由丁浩把手按在自己手上。丁浩一動，他也跟著不輕不重地捏一下那裡，這樣一來，倒像是丁浩在自己摸自己。

那孩子很聰明，立刻就改變了策略，「好痛……白斌，痛！」眼睛倒是真的濕潤了，眨一眨就有霧氣漫出。

白斌的手心籠罩在上面，小心地碰觸著，貼著他的耳朵問，「真的痛？」

身下的人抖了一下，不過還是立刻點點頭，「真的痛！」

白斌咬了一口眼前紅透的耳尖，也不再為難他，順從地把手退了出來，「好吧，我們回去再試試，總會舒服的。」

丁浩一下子抬起頭來，結結巴巴地問他，「什麼試試？啊？什麼舒服啊！」

「剛才那樣，」白斌幫他把衣服整理好，又親了親他的眼角。剛才有點過火了，第一次看到丁浩為了這種事哭，「我查了許多資料，理論總要結合實踐的，對吧？」

對、對你個頭啊！

白斌看到丁浩眼睛瞪得圓滾滾的，忽然心情大好，從軟繩跨出去，又向丁浩伸出手示意要接住他，笑道：「浩浩，過來！我們回家了。」

丁浩看著眼前笑得溫柔的人，忽然覺得他其實也是一隻野獸。

跟尚良文那樣的不同，這一隻一向善於偽裝，被他的溫和一步步引誘到巢穴裡的結果只有一個——剝皮拆骨地吃掉！

◇

回去之後，丁浩果然被白斌實踐到「舒服」為止，眼淚都快下來了。

這種事，臉皮薄一點的人還真的幹不出來，也只有白斌這種人才能一邊看書一邊下手。

丁浩第一次期盼著週一上課時，白斌早上被校長喊去談話。

每年一度的市三好學生又要開始評選了，這次聽說還要上報，要提前跟白斌串通一下。

白斌臨走的時候塞了一盒溫牛奶給丁浩，昨天鬧到有點晚，丁浩早上時賴床，沒起來吃飯，只在車上啃了兩口餅乾，「等等記得喝，別放到涼了。」

丁浩嗯了一聲，跟他揮了揮手，頂著黑眼圈就自己進去了。白斌看著他走了一會兒，確定他真的不會在半路睡著才去校長那裡。

丁浩剛走進教學大樓，就碰到一樣頂著黑眼圈的丁泓，丁泓還客氣地主動和他打了招呼，「丁浩，你也沒睡好啊？」

「啊，對。」丁浩打了個呵欠，把手裡的牛奶打開喝了一口，也順便安慰他，「你也沒睡好啊？」

這本來是客套話，沒想到卻一下說進丁泓的心坎裡。那個老實孩子還以為丁浩是真的在關心他，立刻跟丁浩吐著苦水，「是啊、是啊，昨天不是彩排嗎？我報名的單口相聲被刷下來了……」

丁浩拍了拍他的肩膀，「沒事，失敗是成功他媽，多努力幾次，早晚會成功的。」

丁泓有點不好意思，「我不是那個意思，我知道自己的小段子肯定不會成功，被刷下來也不覺得多可惜。而且，老師還讓我當了劇務組的工作人員，幫忙準備化妝間、道具什麼的……」

丁浩明白了，這就是打雜的統稱，看丁泓這樣子，似乎還很喜歡這份工作。丁浩有點疑惑，「那你是怎麼了，劇務裡有人欺負你啊？」

丁泓頓了一下，又搖了搖頭，看起來很為難，「也不是被誰欺負了，就是有點事，我不會處理……丁浩，你教教我吧？有兩個小女生為了角色爭起來了，一個年紀小，但跳得很好，一個身高合適、服裝都能穿，兩個人誰也不服誰。老師也很為難，要讓大家投票決定。兩個我都認識啊，我本來想棄權的，然後其中一個昨天晚上打電話給我拉票，說了好久，要我一定要投她……」

丁浩咬著牛奶吸管打斷他，伸出一根指頭晃了晃，「別說了，是張蒙吧？」

丁泓很是驚訝，趕緊點頭道，「丁浩，你真厲害，我都說得這麼隱晦了，你還聽得出來啊？」

丁浩的嘴角撇了撇，兩個黑眼圈更是陰沉，「廢話，我昨天也接到電話了，她還叫我投票給她。我靠，都半夜十二點了，她也好意思打給我說個沒完，正好我那時還沒睡，就接了……」

丁泓很好奇，應了一聲，「丁浩，你這麼晚沒睡在幹什麼啊？」

丁浩嘴裡的牛奶差點噴出來，咳了一聲。還沒解釋，丁泓就自己找到了答案，一臉崇拜地看著丁浩，「我知道了！一定是在看參考書吧？丁浩，你真厲害，以前我還以為你是腦子聰明，沒想到你也這麼認真刻苦啊，我以後一定會向你學習！」

丁浩的臉皮再厚，此刻也有點扛不住了。丁泓的眼神很純潔，越是純潔，越讓人覺得鬱悶。

丁浩把話題歪回來，「說說張蒙那件事吧，你今天下午要不要去投票啊？」

丁泓剛振奮起來的小臉立刻沮喪起來，「嗯，去啊，昨天晚上在電話裡都說好了。」

丁浩皺起眉，「你不會真的要選她吧，她想擠掉的那個人是白露？」看見丁泓點頭，他眉頭皺得更深了，「我記得張蒙沒學過舞蹈啊，怎麼敢跟白露叫嚣了？」

丁泓看四周都沒人，趴在丁浩耳邊嘀咕了幾句。

他跟張蒙是同年級的，情報也比丁浩靈通，再說，張蒙也不是什麼安分的孩子，隔三差五地就爆出個小道消息也算正常。這次的消息稍微有點看頭，張蒙交了個小男朋友，是資助學校演出服裝的。

丁浩的眼睛轉了一下，「這次還滿有出息的嘛，聽起來比上次的『三人行』更像真的。就因為這樣要換人？不可能吧，白露可是從小練起的功底啊。」

而且白露家的後臺也算硬的，別說幫白露塞個角色了，就算白露真的當定了領舞，重新贊助服裝也贊助得起啊。

丁泓搖了搖頭，「我聽其他人說，是編舞老師覺得張蒙也跳得不錯，說要考慮整體布局，想選身高合適的上去領舞。」

丁浩明白了，這是個別人士貪汙事件，說大不大，說小不小，只要老師一句話的事。家裡的大人也不好出面處理，你一有動作肯定會落人口舌。

處理不好，這幾年很容易讓小孩跟其他同學結下矛盾，對學業會有很大的影響；真的處理，也無非是給那個老師賄賂一點，以後要是被孩子知道了，尤其是白露這種性格的，反彈肯定會更大。

丁浩決定下午跟丁泓一起去看看，一是看看張蒙的小男友，二是看看白露小妹妹的雷霆手段。丁浩覺得白露這個從小在暴風雨的洗禮下成長的人，不可能會這麼心平氣和地讓賢。

丁浩一直跟白露沒有心電感應，這次也毫不例外，白露還真的心平氣和地跟張蒙握手讓賢了。

丁浩睡了一天，跟著丁泓來看彩排時看到這一幕，眼睛終於亮了。他看著白露小妹妹笑咪咪地把領舞的頭飾給了張蒙，又笑咪咪地跟老師提議，「老師，我覺得應該多選幾個同學一起練習一下領舞的步伐，萬一演出前再有個身高不合適、服裝不符合什麼的也有人替換，不缺人員啊。」

編舞老師估計也覺得很對不起白露，聽了之後也點了點頭，又問白露，「妳覺得哪幾個同學跳得比較好？」

「孫彤、李婷，」白露點了幾個人的名字，想了想，「她們基本功紮實，我做的那幾個動作她們也做得來……」

白露這是真心在為這支舞蹈考慮，張蒙在旁邊伴舞還沒什麼，最後那幾個動作很難，沒底子的可練不好，大家費這麼大的功夫排練，可不能毀在她手上。

張蒙剛戴上頭飾還很得意，一聽到白露在那裡建議，立刻就插嘴說了句，「不用啊，我也做得來！我基本功也滿好的，對吧，老師？」

編舞老師猶豫了一下，張蒙身材好，做動作很好看，但是基本功還真的不好說。看著張蒙又囑咐了一遍，「那妳可要做好啊，別出差錯。」

老師有點後悔了，還是在市裡拿個榮譽比較重要啊。

丁泓看到不用投票了，鬆了口氣，扯扯丁浩的衣角跟他小聲說，「我們走吧？」

丁浩做了個噤聲的動作，帶丁泓從禮堂側面繞路進後臺，躲到布幕後面，彎著腰往裡面看，「再看一下，幹嘛急著走，多有意思啊！」

丁泓很緊張，在後面扯著丁浩的衣角往外拉，「別看了，等等會有人來……」

舞蹈伴奏的音樂響了，整個舞臺上嗡嗡作響，丁浩頭也不回地跟丁泓嘀咕了一句，「這時候誰會來啊？」

丁泓的耳朵就像兔子耳朵一樣靈，還真的被他聽見了，哭喪著一張臉想把丁浩拉走。

「我們劇務組的組長每天都會來檢查舞臺道具啊！我們走吧，被他抓到會報告老師的。」

丁浩按住他說：「你別吵啊！快看，那幾個小女生的腿還滿好看的！」

丁浩這孩子是蹲著往裡面看的，從下往上看的姿勢就導致看到的景色也有所不同。

穿著一身仿古長裙的小女生們是光著腳跳舞的，腳踝上還帶了銀鈴鐺，一抬一翹的，難免會露出一點曲線。丁浩用手戳了戳丁泓，「嘜，看第三排最左邊那個，就屁股最大的那個，嘖嘖，我跟你說啊，以後要找就要找這樣的，你媽肯定會喜歡，這一看就很會生啊，哈哈！」

丁泓的臉都紅了，他們趴在後面，大多數時候都只能看見小女生們的背影。本來還沒什麼，被丁浩這麼一說，視線就不由自主地往下移，丁泓恨不得把腦袋也埋在衣服裡。

舞臺上，白露還是站在前排，跟張蒙隔著一個位置。白露很少記仇，但這次的事太窩囊，這屬於作弊行為啊。白露小妹妹帶著一點報復心理，做了跟張蒙之前同樣的事——搶正面鏡頭。

張蒙這死小孩平時經常踩錯點，占到中心位置，這次也終於嘗到了被萬眾阻擋的滋味。不僅是白露，還有平時跟她合不來的、剛才提名要一起練習領舞卻被她擠下來的，大家齊心合力。張蒙領舞跳得正高興，就在做高難度動作第一摔的時候，被摔得煙消雲散了。

擋著正面鏡頭的小女生只聽到後面「啪嘰」一聲，地板一震，老師就立刻站起來了，揮手讓她閃開，「噯噯，怎麼回事?張蒙，妳再來一遍!」

張蒙扶著腰站起來，咬牙又來了一遍，聽那沉痛的聲音就知道摔得跟上次一樣慘痛，這次旁邊的小女生都捂起眼睛，只敢從指縫看。

沒辦法，張蒙臉上的表情太痛苦了，像被人痛毆了一頓似的。張蒙沒舞蹈底子，側摔下去就是紮紮實實的真摔，跳起來還很優美，一摔就不行了。

編舞老師的臉都黑了，她之前是因為張蒙的走位姿勢很不錯，又鼓吹自己的基本功好，還真的沒想到會出這種狀況。外行人都能看出張蒙不會跳啊，對張蒙的語氣立刻就不怎麼熱情了。

「噯，張蒙，我說再來一遍是要妳跳一遍騰空前躍和側摔！誰叫妳再摔一個屁股蹲啊！再來再來！！」

白露這次沒再搶鏡了，特別讓出好大的位置，讓下面的老師看張蒙怎麼領舞。聽著耳邊一遍遍的「再來」、「再來」，真的覺得是：人在做，天在看，不是不報，只是時候未到啊！

◇

白老爺子一直教導白露，要合理利用手裡的有限資源。白露也覺得做事留一手是對的，小女生覺得不能在比賽前把自己的那點體力用完，才主動讓了賢。

她跟她爸看了十幾年的抗日愛國片，好多部都是演英雄凱旋，結果到了安全地帶，被自己人從背後打得透心涼。白露從那時候就覺得，寧可壯烈在前線上，也不能被自己人從背後掐死，這太不光榮了。

天氣有點轉冷了，白露那群小女生排練了幾天也都陸續練熟了舞步，就是領舞的張蒙最後幾個動作做不太好。編舞老師沒辦法，只能讓大家先下去等著，專門為張蒙騰出舞臺，排練了一次。張蒙還堅持了很久，摔得鼻青臉腫都不肯妥協。最後編舞老師跟她說，要是她再把臉摔壞，演出就沒她的戲了，這才抽抽噎噎地下來。

白露跟那群小女生在下面裹著大衣，看張蒙摔得直喊疼，覺得這個人很無趣。旁邊坐著的是之前的領舞，看到張蒙摔的那副慘樣，噗哧笑了。

「唉，人家都說有多大的本事就吃多少飯，做點自己能辦到的不就行了嗎？」她是知道自己做不來，早就讓出位子了，這個張蒙自己沒本事，還搶來當寶、抓著不放，何苦呢？

旁邊的小女生們聽見她說，也嘰嘰喳喳地議論起來。

「妳說，她怎麼臉皮這麼厚啊？快點下來不就好了嗎……」

「就是啊就是啊，大家都在等她一個呢！」

「妳們不懂，人家的演出服都是有人專門量好了，訂做的耶……這領舞本來就不是她張蒙的，她跳不來還死不認，這下吃苦頭了吧！」

白露看著坐在舞臺上抹眼淚的張蒙，嘆了口氣。

白露在這裡感慨，丁浩也躲在布幕後面感慨。天氣冷了，妹子們都穿上大衣了，小白腿是看不到了，只看見張蒙坐在地上抽抽噎噎地哭著，還哭得跟別人不一樣，怎麼看都提不起同情心。丁浩把那句提到嘴邊的「活該」嚥了下去，好歹是親戚，就不說什麼了。

丁浩今天是提早來的，白斌好不容易抽出了一點時間來看白露，讓他先過來等。

本來丁浩還想找丁泓一起，但丁泓去幫忙買礦泉水了。丁浩看那傢伙跑腿跑得很開心，也沒阻止，自己熟門熟路地來到布幕後面看了一會兒。看了半天都是張蒙被罵的鏡頭，沒一會就厭煩了。

正在可惜沒有妹子可看，剛想走時，還沒轉過頭就被人從後面拍拍肩膀，「同學，這裡不是你第一次來了吧?老是這樣在布幕後面看，不大對吧？」

丁浩撇了撇嘴，「噯，你還欠我錢呢!說話小心一點，老子給你利滾利啊！」

後面那個人噗哧笑了，也不按住丁浩，從後面探出頭來，「你怎麼知道是我？」

丁浩被他貼得很近，有點不舒服，往旁邊蹭了蹭，「你的聲音那麼特殊，我聽過一次就記住了，這有什麼好稀奇的啊！」

後面那個人鍥而不捨地發問，似乎很好奇丁浩怎麼會覺得自己特別，「真的？怎麼個特殊法啊？」

丁浩覺得當面說人家聲音陰柔也不大好，乾脆轉過身來，跟他面對面交談：

「張陽，你能不能別一下熱情，一下冷淡的啊?我好歹是你的救命恩人，還是你的債主吧?你統一一下態度，下次見到我好好打招呼，突然這麼熱情，我撐不住，你像平常一樣就好了。」

對面的張陽眨了眨眼，他換了一副新眼鏡，比之前的那副輕薄了不少，還是細金屬框架的，整個人看起來更是白淨斯文，說話的語氣也很溫和。

「我以為你跟白斌平時都是這樣說話的……喔，還有丁泓，你們上次不也是這樣躲起來偷看嗎？」

丁浩有點明白了，他第一次見到張陽的時候，那孩子就是因為男男桃色事件被欺負。他雖然救了張陽，但也算是知道了張陽的祕密，知道自己內心最想隱藏的祕密的人，也算是個知心朋友。丁浩覺得張陽是把自己定義為知心朋友了，拍了拍張陽的肩膀。

「張陽，我跟丁泓是從小一起長大的兄弟，我們的感情沒辦法比，我們慢慢來，先做朋友……」

張陽愣了一下，「你說什麼？」

丁浩更覺得這孩子從小就沒有好好跟人交往過，性向被發現了，還能跟他說繼續做朋友的不多吧？丁浩覺得自己很仗義，拍了拍他的肩膀，繼續安慰他：

「沒事，下次我幫你跟李盛東那孫子說一下，你別怕，他其實也沒多壞，不會把你那件事當笑話亂傳。下次你們見面打個招呼，這件事就算過去了……」

張陽這才跟上他的思路，喔了一聲，想了好一會兒才問丁浩：「你不覺得我很怪？我不喜歡女生，你知道……這樣不太正常吧？」

丁浩了然地點頭，「是有點不正常，這是性取向不同，我知道。不過也沒什麼啊，就像看A片觀察的對象不一樣，最後不還是……咳！」

丁浩對這個張陽放鬆了警惕，畢竟這年頭能碰到同類也不容易，嘴一鬆，就說太多了，所以立刻就停了下來。他們國三班上也的確有傳過幾部A片，丁浩最後都敷衍過去了。「反正你也懂，對吧？」

張陽的段數明顯比丁浩低，聽到這些話，臉一下子就紅了。丁浩還在亡羊補牢，試圖挽回自己的形象，繼續補充了一句：「那什麼……我知道你也很不容易，下次小心點，別再被人留下把柄了。」

張陽這次想得比丁浩多，有點手足無措，連著扶了好幾下眼鏡。

「啊，那個，你可能誤會了……丁浩，我、我不是那個……留了把柄，我上次只是單純地記了名字……不是、不是你想的那樣……」

丁浩也有點害羞得發慌，他一個成年人，這是在教小孩幹嘛啊！站在那裡也不好說些什麼，張陽也是第一次這麼直白地被人掀出老底，而且是理直氣壯地邊掀邊告訴他不用害怕，我們還是朋友……

這有點出乎張陽的意料，他原本只是覺得丁浩比較不排斥，才偶爾跟丁浩接觸一下，權當成有個說話的人。上次是因為丁浩旁邊的人散發出的敵意太明顯了，張陽本身又是個特別敏感的人，也就跟丁浩鬧得不歡而散。他沒想到丁浩願意跟他交朋友談心，看著眼前忸忸怩怩的小孩，忽然笑了出來。

丁浩看著他笑，也跟著嘿嘿笑了兩聲，這股尷尬過了半天才消散。

丁浩在這裡待著也沒意思，乾脆跟著張陽一起出來，並說：「你下次也別來這裡看了啊，我聽丁泓說，他們組長會專門抓偷看的，你小心被抓到啊！」

張陽頓了一下，「我就是他們組長。」

丁浩噎住了。

「啊、哈哈！那、那正好，你不會把我名字報上去給老師吧？哈哈哈……」想想也是，人家張陽又不喜歡這種的，躲起來看也沒意思啊。

丁浩抓了抓腦袋，有點不好意思，張陽倒是笑了，「嗯，不會報給老師，放心吧。」

丁浩用手臂撞了他一下，「夠兄弟，那五塊錢繼續借你吧，利息我少算點！」

張陽從口袋裡掏了掏，翻出一張餐券來給丁浩，「這個先給你吧，老是欠你也不好。」

丁浩拿到手裡一看，原來是一張五塊錢的餐券。他聽丁泓說過，學校很摳門，給他們這些幫忙做事的後勤人員一天一張五塊餐券，只能在食堂內部通用，除了買瓶礦泉水，別的都帶不出來。

丁浩對張陽的家庭情況比較瞭解，也知道這個人很敏感，把那張餐券塞還到他的上衣口袋裡，對張陽笑了笑，像在開玩笑一樣地說：「那這次算我再放一次高利貸，跟之前的加在一起算十塊，我等你以後賺了大錢孝敬我啊！」

張陽笑了，因為丁浩的語氣太耳熟了。

丁奶奶最近跟他家常常來往，老人愛聊天，三句之後都離不開丁浩。張陽回家的時候，最常聽到的就是丁奶奶說浩浩如何如何，最後總要加上一句，孩子懂事，說以後賺了大錢要孝敬我！

丁浩竟然把這句話用到他身上來，張陽也難得跟他開了一句玩笑，「好啊，那你等我長大賺錢吧！我一定會像孝敬我媽一樣孝敬你！」

丁浩跳起來勾住他的脖子，按住張陽的腦袋就一陣亂揉，把乖學生揉到炸毛了才放手，「嘿！你造反了，張陽……」

「浩浩？」前面的陰影籠罩下來，丁浩一抬頭就看見皺著眉的白斌，那傢伙看樣子心情不太好，語氣很生硬地問他，「你在做什麼？」

丁浩立刻就放手，「沒有，在玩呢！」他用手臂撞了張陽一下，「你有事吧？有事就快點走啊！」

這種話也只有這死小孩說得出口，張陽被他刺激慣了，那份敏感對丁浩實在無法體現出來，也聽了他的話，「那好，我先走了。」

白斌看到他走了，眉頭也沒鬆開，「浩浩，那是實驗班的張陽吧？」

白斌記得很清楚，這傢伙之前和丁浩一起回來過，也可以說是順路。但他就是對這傢伙有股天生的敵意，這感覺很不好。

丁浩應了一聲，伸手指了指那邊的布幕。他倒是很老實，不打就全招了。

「我躲在那裡偷看，被張陽抓到了，他是丁泓的組長，專門抓人偷看。」

白斌的一絲鬱悶頓時被丁浩的話沖散了，看到丁浩身上還有灰，幫他彈乾淨後笑道：「你躲在那裡偷看幹嘛？去下面看得更清楚啊。」

丁浩想起之前張蒙哭的慘樣，立刻跟白斌咬耳朵，彙報一番，最後還加了個人色彩的總結，「真是過癮，早該找人治治她這破毛病了！」

白斌伸手把丁浩身上的背包接過來，替他拿著，抽出另一隻手握住丁浩的，聽著他嘀嘀咕咕地偷笑，也只是簡短地回一聲「喔」、「這樣啊」之類的話。

丁浩有點覺得沒受到重視，用指頭摳了摳白斌的手心，「白斌，我在跟你說話！你就沒有一點想法要發表嗎？」

白斌把他的手握得更緊，「下次我提早一點陪你一起來。」

◇

最後集體彩排了一遍，領舞選了幾個小女生輪流跳，白露也在裡頭。

張蒙被分到了舞臺最左邊，雖然是不怎麼出風頭的位置，但好歹也是第一排。她心裡估計也不好受，自從不是領舞後，就沒對周圍的人露出笑臉，尤其是對白露那幾個跳得好的，碰到都是低著頭過去，像沒看見一樣。

白斌等白露排練完，陪她在外面吃了頓飯，又送她一起回家。

白露彩排時發的便當有點簡單，白斌擔心小女生在長身體吃不好，又陪她去吃了一點，點的都是白露平時愛吃的幾樣，素炒筍片、木須肉、腰果蝦仁，又點了個黃瓜皮蛋湯。

白露沒吃多少，倒是丁浩吃得很開心，這是他今天的第四餐了。白斌幫他盛了一碗湯，換下那半碗白飯，他覺得丁浩晚上吃有點多，怕消化不了。

吃飽了坐車回去，開車的還是小李司機，看到白露不高興也不敢跟平時一樣逗她，這次要先去白露家，特別繞了一大圈路。路上平坦，車上的三個人都坐在後排，也不怎麼吭聲。

白露從吃飯的時候就悶悶不樂的，白斌拍了拍她的肩膀安慰她，「不要去想別人，努力做好自己就可以了。」

白露咬著嘴巴，憋了半天才說：「哥，我是不是做錯了啊？單人舞被刷掉後，就不該參加這個，也不會鬧出這麼多煩心的事……」

白露第一次遇到這種同齡人的煩惱，這種被敵視的感覺真是難受。尤其是張蒙，白露之前一直以為她們算得上是朋友，現在才為了多大的事就當場翻臉。

白斌想了想，他沒處理過這種女孩之間的矛盾，顯然安慰不到重點。

「妳的出發點和做法沒有錯，就是中間的小細節要多注意一下，提前做出應對。」白斌單純當成案例來分析，他覺得白露需要更好的心理承受能力，為了一點小事耽誤時間是不值得的。

丁浩比白斌更懂女孩的心思，看到白露這模樣就知道這是友情遭到欺騙，受到挫折了，從白斌旁邊探出腦袋，重新安慰白露：「嗳，別傷心啦，張蒙那個人也不值得妳費神啊。白露，妳聽我一句，張蒙那傢伙妳表面上跟她過得去就好，千萬別放在心上當成至親好友，真的不值得，說不定早就在背後嘀咕妳了……」

白露低下頭，悶悶地接了一句，「可不是背後嘀咕我。」

丁浩訕訕地閉上了嘴。白露今天的氣場不對，說錯話會踩到雷。白斌在旁邊也皺起眉，白家人很護短，白斌覺得自己妹妹被人在背後惡意中傷了，問得很嚴肅，「怎麼回事？」

白露撇了撇嘴，「她之前拉選票的時候，順帶嘀咕了我幾句，傳到我們班上來了，我就查了查，很幼稚的幾句話，也沒什麼。」

丁浩單純很好奇白露是怎麼查的，問一句：「妳怎麼知道是從張蒙那裡傳來的？」

白露看了丁浩一眼，覺得丁浩還是屬於自己人，對他也不隱瞞，「收集資訊、核對出準確情報有什麼難的啊？就跟你把一千份消息散播出去，裡面內容就算有改變也總會有契合點，這個契合點在同一個人身上超過百分之三十七，我就有理由懷疑你了，何況這次都超過百分之六十了，根本就是概率問題啊。」白露又撇了一下嘴角，盯著丁浩又嘟囔了一句，「不過張蒙那張嘴也真壞……」

丁浩被她看得汗毛都豎起來了，摸了摸手臂，往車門那邊蹭。

「嗳嗳，白露，冤有頭債有主啊，妳有氣去找張蒙，我姓丁，別在賴我頭上！」這死小孩遇到好事攀親戚，遇到壞事跑得比誰都快。

白露喔了一聲，眼睛上上下下地打量著丁浩，「你姓丁啊，你老是在我家白吃白住的，我還以為你姓白呢！」

丁浩的臉有點紅，「白露！沒有人這樣的啊，誰、誰白吃白住了，我也做出我應該有的貢獻了……」

白露覺得丁浩比心理醫生還管用，就是現成的出氣筒，不等他說完就立刻打斷他。

「就你洗兩個盤子砸破一個半的，還好意思說你不是白吃啊！人家白吃還不會破壞東西呢，你砸壞我們家的那些鍋碗瓢盆，我都記起來了，以後賠錢！」

丁浩也不躲了，按著白斌的肩膀跟白露吵，「打人不打臉啊，白露，妳要翻舊帳我就一起翻。妳從小做的那些丟人事，我也都記下來了！把我逼急了，我改天就掏錢自費印個千八百本，到你們社區發！」

「哎喲，就你那手破字，還從小就記啊？」

「那當然，老子大智若愚，妳是小孩妳不懂！」

「你還大智若愚？呸，你大於弱智吧，丁浩！」

「白斌你別攔著我，我今天不收拾這個死小孩，我……啊！白露，不能趁機咬人啊！白斌，你也住手！癢死我了……哈哈哈！你們白家的聯合起來欺負人嗎！！」

白露鬧了一路，心情終於變好了。臨下車的時候，還特別謝謝丁浩。小女生表達得很實在，語氣也很誠懇，完全是把丁浩當成回家養的寵物，淨化了鬱悶的心情。

「丁浩，我心情好多了，」小女生摸摸丁浩被弄得亂糟糟的頭髮，「謝謝你啊，丁浩，下次我鬱悶了再找你玩。」

丁浩被白斌抱在懷裡，眼睜睜看著白露跑掉，連回嘴的力氣都沒了。

白斌這個人太陰險，為了哄自己妹妹開心，把他當成祭品，這一路上都在搔他癢。丁浩恨得牙癢癢，伸手就按住在自己腰上動來動去的爪子，瞪了他一眼，「你還來啊！」

白斌很喜歡被那雙眼睛注視著的感覺，生氣的時候瞪得很圓，亮亮的，瞳仁裡只有自己。白斌也不再鬧他了，順他的意思把手抽出來。

因為開的是新路，回家的路上有一段還沒裝路燈，黑漆漆的，丁浩往前湊過去跟小李司機說：

「李哥，這新來的市長滿有模有樣的呢，剛來沒多久，就又擴展新城區又修路的……」話還沒說完就被顛回去了，路太黑，又剛施工完，沒看好就會壓到半截磚塊之類的。

小李司機聽到後面的丁浩悶哼一聲，也不敢回頭，更小心地看路開車：「噯，丁浩，沒事吧？這條新路修得很快，施工隊還沒離開呢，剛才肯定是壓到沒帶走的建築材料了，再等幾天路燈裝齊就好了，前面那段路就裝了路燈，可亮了！」小李司機說了半天，也沒聽見後面有反應，又大聲問了一句，「丁浩，真的沒事吧？撞到哪裡了？」

後面那個人聽起來鼻音很重，「沒事！撞、撞到嘴了！」

前面那段路的路燈果然很亮，小李司機抽空回頭看了一眼，也沒看得很清楚，就看到丁浩的嘴的確腫了一點，還在跟丁浩開玩笑。

「嘿，你撞得還真有意思，小心明天你們老師誤會，還以為你早戀，被人親腫了呢，哈哈哈！」

丁浩挑挑嘴角，實在笑不出來，「李哥，你別逗我了，我的嘴巴痛得很，連說話都會痛！」

小李司機果然不再鬧他了，這邊的白斌聽見，卻是把他的臉捏過來，仔細看了一遍，「回去抹藥吧？」

丁浩憤憤地一爪把他拍開！這都是誰惹的啊！！

到家後，丁浩連漱口都小心翼翼的，但是嘴巴碰到牙膏跟水，又不可避免地腫了一些，回床上睡覺的時候還在抱怨：

「白斌，我虧死了！犧牲小我，娛樂白露也就算了，怎麼連你也欺負我啊！」

白斌正靠在床頭看書，見到丁浩靠過來就換了個姿勢，把丁浩抱進懷裡，手上還拿著那本書翻了一頁，繼續看。

「你妹妹欺負我妹妹，你要負責任。」

「噯噯！那是我表姊，不是我妹啊！」

白斌挑了挑眉毛，眼睛沒從書上離開過，「那就更不能原諒了，以大欺小……」

丁浩不高興了，一爪按住白斌看的書，擋住不讓他看。

「你這就不是以大欺小了嗎？我比你小，而且你還是夥同他人，以多欺寡……」丁浩有點委屈，「張蒙惹的事，憑什麼由我承擔啊！」

丁浩上輩子常常替張蒙收拾爛攤子，當然，丁遠邊收拾得更多。丁浩這次可不準備再替張蒙丟臉了，高中、大學早點上完，離那個禍水遠遠的才好。

白斌被他鬧得看不了書，乾脆也收起書，放好不看了，把那隻委屈的小貓抱到懷裡扣著腰，貼得近近的，抵著他的額頭，「好，不管張蒙惹的事，浩浩解決自己惹的麻煩吧？」

丁浩不自在地扭了扭，想下來可是腰被抱住了，只能按著白斌的肩膀拉開一點距離。

「我今天沒惹麻煩……」還在嘴硬呢。

白斌咬著他的耳朵，「在車上的時候，我為什麼親你？」

「誰知道啊，你看到天很黑就趁機犯案，噯！別咬、別咬！」丁浩的耳朵被咬住，忍不住發抖，推開白斌的手也不那麼堅持了，「你、你趁機報復我……」

白斌親了親他的耳垂，「為什麼趁機報復你啊？」

「……」

丁浩不說話了，白斌又湊過去咬了他的鼻子，「因為浩浩在白露下車以後，偷偷對我動手動腳的，對不對？」

丁浩不服氣，「你先和白露欺負我的！」

白斌笑了，把手伸進丁浩的睡衣裡，「那，我們來解決一下個人恩怨。」

另一隻手拉著丁浩的，探下去握住那硬起來的東西。

「這個你總要負責任的，對吧？」

丁浩跨坐在白斌身上，頭抵著白斌的胸膛，耳尖都紅了，「白斌，你這個流氓……」

流氓沒有說話，大概是被他弄得很舒服，只是低頭在他腦袋上吻了一下。

◇

丁浩星期五回到家，剛進門就發現不對勁。

丁遠邊坐在沙發上抽悶菸，整個房間煙霧繚繞的，丁媽媽也不開窗戶，坐在丁遠邊對面悶不吭聲。

丁遠邊的脾氣有點急躁，偶爾也會對丁媽媽喊一兩句。丁媽媽雖說是幼教出身，平時很和氣，但也不是會平白無故受欺負的人。丁浩見過兩個人吵架不少次，可是從來沒像現在這樣冷戰過，連丁浩問話都小心翼翼。

「爸、媽，這是怎麼了？」

「丁浩，你大伯跟姑丈都在這裡呢，先問好啊！這孩子……」丁媽媽咳了一聲，屋子裡實在太嗆了。

丁浩這才看見對面沙發上還坐著兩個人，不就是張蒙她爸跟丁泓他爸嗎？趕緊問了好，又藉著幫丁媽媽把窗戶打開通通風，豎起小耳朵，使勁聽他們說話。

張蒙她爸是做生意起家的，可能還是覺得上班穩當，前幾年也一起找了個部門，混了個科員職位，店鋪給張蒙她媽看管，兩邊都不耽誤。做過生意的嘴皮子格外俐落，沒幾句就講清楚了來意：

「我跟大哥都覺得新城區的房子很好，離菜市場、商場也近，老人進出很方便，想到以後老人身體不好，還是城裡的醫院放心，我們也方便就近照顧不是？」

丁浩他大伯也是悶頭抽菸，一看就是個不多話的老實人，大概是覺得自己一直在城裡，沒怎麼照顧過丁奶奶，聽他說一句就點一下頭。

張蒙她爸繼續說：「我跟丁蓉也算過了，老人過來後，我們沒人跟著不行，就讓丁蓉也過來照顧，陪老人一起住，畢竟母女知心啊！蒙蒙也快上高中了，也能順便看看她……」

這倒是句真心話，丁浩他姑姑的確說過想來城裡照顧老人，還可以就近照顧張蒙。附近已經有幾家開始說閒話的了，說是張蒙早戀，她得跟過去看看。丁蓉一直覺得自家女兒是最聽話的，長得又漂亮，別讓哪家臭小子用花言巧語拐跑了。

丁浩聽見他們說買房，問了一句，「要買新城區的房子？」

新城區剛規劃好，房價開價不低，雖說現在買肯定會賺，但是遠遠不如在鎮裡弄一套大一點的平房，到時候很可能一套平房換三套公寓啊。

丁浩還在這麼想著，就聽見丁遠邊趕他走，「去去去！小孩子別問那麼多，回房間寫作業！」

丁媽媽聽到他語氣不好，趕緊拉丁浩進去裡面。

「丁浩，你剛回來，餓不餓？先吃點東西吧？」還是當媽的比較體貼，幫忙安慰了一下丁浩，「你爸心情不好，別理他，我等等煮好了，你就去廚房自己吃啊。」

丁浩搖頭說不餓，又拉住丁媽媽的手問：「媽，買房的事是誰提出來的啊？」想了想，又壓低了聲音問，「我奶奶也答應來城裡住？」

丁浩記得丁奶奶一直都住在鎮上，沒搬進城裡，再說，那個時候他哪懂什麼房子，也沒注意過這件事。

丁媽媽嘆了口氣，「還沒跟你奶奶商量呢，是你大伯跟你姑姑家的主意。」摸了摸兒子的臉，這孩子長高了不少，看起來也越來越帥了，丁媽媽很欣慰，「浩浩別管這些，這是大人的事，你好好讀書就行了，知道嗎？」

丁浩聽話地點了點頭，丁媽媽前腳剛走，他後腳就趴到門縫上偷聽。那時候他家是老式房子，客廳還有一道木板門。

客廳裡的氣氛還是很沉悶的，主要是丁遠邊坐在那裡不說話，也不附和也不反對的，拚命地抽悶菸。

張蒙她爸看到兄弟倆都不說話，丁媽媽坐在對面也只負責倒茶、遞菸灰缸，覺得剛才說的話沒能活躍起氣氛，又補充了幾句：

「我有幾個老同學也要在新城區買房，新城區周邊的建設那麼好，房子肯定會漲價。現在我們三家合夥，湊錢幫老人買房，等老人百年之後再照市價賣出去，錢一樣分三份，就當作幫孩子存個大學學費啊。」張蒙她爸喝了口茶，「這也是為了孩子著想，我家的幸好還是個閨女，不用再愁房子。」

這番話雖然說得很委婉，但丁浩還是不想聽。丁浩最討厭別人打主意打到丁奶奶頭上，這就像在希望老人死後等分錢，忍不住在心裡腹誹：我奶奶長命百歲，分你妹的錢啊！

丁浩他大伯是個老實人，彈了彈菸灰，跟著表明了自己的意思，「嗯，怎麼樣都行，照顧老人，也當作幫孩子們存錢。」

丁遠邊也有點動搖了，丁浩這幾年很乖，他的事業也有所發展，再加上丁媽媽的工作穩定，也算是小康家庭了，但是要幫丁浩準備結婚的房子是個大數目，他也想存點錢。但是他家的這間房子才買沒多久，一時拿不出錢，因此很煩惱。

「我覺得買房子給媽的事是好事，但我這邊手頭緊……」

張蒙她爸笑了，「遠邊啊，不是姊夫說你，你這個官當這麼久了，買一套房子不是小事嗎？對吧，哈哈！」

丁媽媽也有點不自在，「大哥、二姊夫，你看，我們的房子也是剛買的，現在要一下子拿那麼多錢出來，實在是有困難啊。」

張蒙她爸擺擺手，「這房子不是幫大哥買，也不是幫我買，是我們一起給老人家的一份心意。這樣吧，我先起個帶頭作用，把我們家的那份錢拿出來。」張蒙她爸伸手掏出存摺，上面的數字讓兩邊的人都嚇了一跳，「老人一直在鎮上，雖然丁蓉離得比較近，也難免有照顧得不周到的地方，我這是真心想讓老人過得舒服點，畢竟辛苦了一輩子……」

屁！丁浩聽著張蒙她爸在那裡吹牛，翻了個白眼。

這分明是看準了市裡房價飆升，他家一戶買不起，這才打了這種合夥的主意！

丁遠邊笑不出來，人家都這麼表態了，讓他這個親生兒子怎麼辦？不同意的話，肯定會落下不孝順的話柄，同意的話，家裡哪來的錢？

丁浩他大伯也是被震住了，覺得妹夫都這樣了，他當老大的再不有所表示就有點說不過去，沉思了片刻，「我回去也湊湊吧。」

丁遠邊也點了頭，把菸按熄了，「那我也湊湊吧。」

張蒙她爸也不好把話說得太死，看兩人算是答應了，又提了建議，「不如我們明天一起去看看老人家吧？」

這邊完成了，下一步就是老人家那邊了，張蒙她爸還很得意，覺得自己辦事很厲害。

幾個大人又商議了一陣子，約好明天一起回去鎮上。丁浩看到要送客，一溜煙跑回自己房間，想了想又打電話給白斌，說明天不回去了，要去丁奶奶那裡。

白斌追問了幾句，『怎麼突然要去奶奶那裡，明天什麼時候？我陪你去吧？』

丁浩聽到他那邊的聲音很嘈雜，估計又被白老爺子叫去出席什麼場合了。

「不用，我爸媽都會去！我想奶奶的藥快吃完了，正好再送一點過去給她。」

白斌那邊確實也很忙，沒多問就答應了，又囑咐丁浩：『那好，路上小心，有事打電話給我。』

丁浩剛要掛斷，又被叫住。

『告訴我明天下午回來的時間吧，我去接你。』

星期日晚上要去市大禮堂看各校聯合演出，白斌怕丁浩在鎮上，來不及趕回來。丁浩也想到了，笑著說：「不用！我趕得回去！你去忙吧，我掛了啊！」

白斌聽到那邊嘟地一聲掛斷了才把手機關掉。光是聽到那個孩子的笑，都覺得心情變得很好，回到白老爺子身邊時，嘴角都還帶著弧度。

白老爺子覺得很稀奇，這麼多次了，這還是第一次見到白斌在外頭這麼高興，也逗了一回白斌。

「斌斌，剛才是誰打來的電話啊？不會是有小女朋友了吧？呵呵。」

白斌收起嘴角的那一點笑，臉色又正經起來，「爺爺，剛才是丁浩。」

白老爺子摸摸鬍子，了然地點頭，「喔，難怪了，不過你也大了，有喜歡的女孩可以提前交往嘛，爺爺不是老古板，肯定站在你這邊支持你！」

「我不需要，有浩浩陪著我就可以了，而且，」白斌拿走白老爺子手裡的酒，換了一杯白開水，「爺爺你不要岔開話題、私自換酒，醫生說你要少喝酒，今天晚上已經第二杯了。」

「你這個臭小子！」

白老爺子嘴上說得很凶，不過眼裡倒是透出笑意，他這個孫子一直都是最優秀的，看起來不多話，其實最會關心人。

「聽說白傑身體好一點了，功課很好呢，跳了好幾級，你媽攔都攔不住。他說那老師教的沒意思，自己學還快一些，呵呵……」

白斌沒什麼反應，好像早就知道會這樣了，「白傑自己喜歡就好。」

白老爺子頓了一下，他覺得剛才那番話可能有點傷到白斌了，畢竟父母陪著弟弟，沒有在自己身邊，又說些他們的趣事，換作誰都不好受吧。白老爺子咳了一聲，「白斌啊，你想不想你媽？」

白斌挑了挑眉毛，「我認為爺爺幫我安排的已經很滿了，沒有空閒去想這些。」白斌自己手裡的也是杯氣泡水，敲著杯沿跟白老爺子解釋，「而且每天跟浩浩一起，我也忙得沒時間去想這些，您知道他多會惹事吧？」

白老爺子還在糾結，「這個，跟親人的感情不一樣啊……」

「無論生病、學習、訓練，我心情好或不好的時候，浩浩一直都在我身邊，這些年不是都過來了嗎？」白斌的嘴角又上揚，「我現在過得很好，我有浩浩、爺爺就可以了。」

白老爺子本來不太高興的臉，因為白斌的最後一句話轉晴，這是他聽白斌說過最直白的心意表達。白老爺子幾乎快被白斌感動得熱淚盈眶，他這個平時感情不外露的孫子竟然會說出這麼煽情的話，白老爺子沉浸在祖孫情裡，完全忘了他是順便的那個。

很多年以後，白老爺子感慨，白斌這臭小子大概就是從那時候就開始預謀了吧？不過，只要這孩子有個伴，每天多笑一點就知足了。白斌從小就失去了太多，想要的也太少，他們實在不捨得再奪去他最後想守護的東西。

第四章　夢中情人

丁奶奶對丁浩一家的到來很意外，不過看到丁浩還是很高興的，抱著比她高的丁浩，還當成孩子親了又親，依舊是喊「奶奶的寶貝浩浩～」。丁浩的臉皮也厚，也膩在老人懷裡一口一聲「親奶奶啊～」。

丁遠邊硬生生被這對拿肉麻當有趣的祖孫倆激起一身雞皮疙瘩。幸虧他們來得早，晚點要是被街坊鄰居看見，非得被圍觀不可！丁媽媽倒是很高興自己兒子有老人緣，家有一老如有一寶，丁媽媽覺得尊重老人、能討老人開心的小孩最好，將來肯定也很孝順。

丁遠邊手裡拎著一些東西，站在門口也不敢催那對膩在一起的祖孫倆，試探地問，「媽，您親完了嗎？」

丁奶奶摸摸丁浩的眉眼，又摸摸鼻子，「親不完！我寶貝浩浩越長越好看……」丁浩剛準備糾正，老人立刻改了口，「啊，對對對，是帥氣！你看奶奶又忘了！」

丁遠邊手裡的東西很重，摸摸鼻子，心裡開始泛酸泡。小時候也沒見到自家媽媽對他們兄弟親成這樣啊，人家都說隔輩親，這話說得太到位了。

「要不然，等我換個地方再親吧？我進屋，您繼續，把那腦袋親腫了我都不管……」

丁奶奶被兒子逗笑了，趕緊開門帶這一家子進去。丁遠邊來得很早，另外兩家還來不及過來，丁遠邊試探地問老人：

「媽，大哥跟姊夫他們昨天回來跟您說什麼了嗎？」

丁奶奶忙著拿橘子、剝香蕉給丁浩，頭也沒回地說，「沒有啊，老大昨天回來了？」

丁遠邊連忙跟老人解釋，「沒有，昨天大哥跟姊夫都到我那裡去了……」

丁奶奶這才抬起頭來看小兒子，有些奇怪，「都去你那裡幹嘛？」

丁遠邊支吾了一下，「那什麼……等等大哥他們來，要不然您聽他們跟您說……」丁遠邊習慣性地想掏菸，想起這裡不是自己家，又塞回去了。老人多瞭解自己兒子啊，看他那點不自在的模樣就知道有事，「我問老大幹什麼，你直接告訴我吧！」

丁遠邊咳了一聲，「也沒什麼大事，就是，大哥、姊夫他們想接您進城裡去住……」

丁遠邊的話還沒說完，丁奶奶就放下茶杯了，「我不去。」

丁奶奶這裡住了幾十年，街坊鄰居多熱鬧啊，自己還能照顧花草，每天都有一幫老姊妹來聊天解悶。日子過得多好啊！而且，也不像城裡一樣，出個門就要花錢，生活在鴿子籠裡活受罪，老人不愛那份冷清。

丁浩跟丁奶奶最是一條心，看到丁奶奶臉色不好，連忙哄她：

「就是啊、就是啊，我們不去啊，奶奶千萬別生氣。我們住在這裡多好，鳥語花香的，城裡的鴿子籠有什麼好，我可想回來陪您了！」丁浩剝了一根香蕉放在丁奶奶手裡，一聲聲地安慰老人，「唉，要不是為了實現國家富強的宏偉目標，我早來陪您了……」

丁遠邊一口茶差點沒噴出來，嗆得直咳嗽，這小兔崽子從哪裡學來這些詞的！

「丁浩，胡說八道什麼！」

丁媽媽連忙拿毛巾給他，也是笑到不行，「還不是你，非要讓他跟你一起看新聞，怎麼唸起孩子了！」

丁奶奶抱著丁浩也笑了，「我寶貝浩浩說得多好，哈哈哈……」

丁浩臉皮厚，仰著頭當成表揚，他覺得丁奶奶無論住哪裡都可以。住在城裡，大家一起照顧，他也好時不時就去看看丁奶奶；住在鎮上，他勤打電話，腳步快點，一個星期也能回來一趟。主要是要老人開心，身體健康才是萬福啊。

正想著，外院的鐵門就被敲響，幾個人推門進來，看見屋裡笑得很開心，也來湊熱鬧。

「遠邊這麼早就來了啊！在說什麼呢？這麼開心，我們在外面老遠就聽見笑聲了！」

進來的幾個人不是別人，正是張蒙一家三口和丁浩他大伯兩家人，丁泓星期天在家寫作業，沒跟過來。

剛才說話的是張蒙她爸，現在人都到齊了，大夥兒坐在沙發上，位置一時間不夠，還搬了兩個小板凳來。丁媽媽要去坐小板凳，被丁浩搶先了一步。

「媽，我愛坐這個，我從小吃飯就坐它，特別舒服……」丁浩蹲在小板凳上，貼著丁奶奶剝橘子，這死小孩看準丁奶奶附近的風水寶地了，知道貼在這裡，丁遠邊不敢趕他走。

老人則覺得自己的孫子怎麼看怎麼喜歡，笑著摸了摸丁浩的腦袋。

張蒙這次還算規矩，跟著丁浩坐上小板凳，也拿了顆橘子吃。她媽在這裡，她不敢挑挑揀揀的，倒也豎起耳朵聽著。

張蒙她爸咳了一下，看著丁浩的大伯示意道：「大哥，人也都到齊了，不然您說一下吧？」

丁浩他大伯這次倒是沒有先開口，拉了一下旁邊的大伯母王梅。王梅替他開口，笑道：「我們平時都只管上班工作，沒怎麼發過言，說不清楚又要鬧笑話了，既然是妹夫組織的，不如你說吧！」

王梅畢竟是在城裡長大的，對這種事也很清楚，她不爭著當那隻出頭鳥，想先看看老人的意思再說。

張蒙她爸還處於得意的狀態，也沒多想就點頭答應了，跟丁奶奶和顏悅色地解釋一遍。重點放在城裡的配套設施齊全方便，順帶提了一下孩子們，這次倒是沒提分錢的事，只說，「您看，離高中也近，您沒事去看看蒙蒙、浩浩，不也很好？」

丁奶奶這次臉色倒是很平靜。

「我這個老婆婆在這裡生活了半輩子，丁浩他爺爺也是在這裡入土為安，我在這裡守著小院子很好。交通方便呢，你們就回來看看我這個老婆婆，不方便呢，心裡記得我，有空打個電話我也知足了，我就不去城裡了。」

張蒙她爸沒想到會在丁奶奶這裡碰到一鼻子灰，他本以為老人會歡歡喜喜地接受，然後自己還能得到一個好名聲。現在被這麼直白地拒絕了，表情也不太好看。丁蓉也想不明白，一起勸老人。

「媽，您不常出去走動，現在城裡的建設好極了，公寓裡光線好，衛生條件也很好，比在這裡好啊！您這房子還是爸在的時候買的，都多少年了，颳風漏雨，也該換了……」

丁奶奶也有了脾氣，「就算是給我金窩銀窩，我也不去！我這裡颳風漏雨？都別在這裡坐著，都出去吧！過年也不用回來！」

丁遠邊看到她是真的生氣了，也一起勸老人，「媽，姊不是這個意思，她是想說接您去享福，是不是啊，姊？」丁遠邊看了看丁蓉，丁蓉也跟著點點頭，她也有點委屈，都是拿錢想做好事，怎麼她就挨罵了？

丁浩他大伯也知道老人血壓高，幫老人倒了杯茶遞過去，說得很誠懇：

「媽，我們現在多少有點積蓄，您也該享享福了，我們家這房子還是爸那時候買的，也有年頭了，新蓋一間跟在城裡買房子差不多……」

丁奶奶嘆了口氣，「就是因為這房子是你爸買的，所以我才捨不得走啊，我將來也是要跟你爸埋一起，住在這裡才安心啊。」

丁浩想起跟丁奶奶一起去為爺爺上墳的時候，老人也是這麼說的，說是等將來老了，走不動了，就跟爺爺埋在一起。老人說這些話的時候臉上很安祥，不像是在說生離死別，倒像是在跟丁浩說她要出遠門一樣。

活著，就好好地為親人活著，享受天倫之樂；死了，也還有人一直等著、陪著自己。

丁浩覺得那個時候丁奶奶給他的感覺是很幸福的，大概丁奶奶也想不到等自己老了，走不動了，還有一天會離開故土吧？他握著丁奶奶的手，默默地安慰老人。

張蒙她爸見到老人的語氣緩和了，也小聲地勸慰著，「舊的不去新的不來，您住在這舊房子裡，也是打我們的臉不是嗎？人家非得說我們三家都有錢了，還不讓您住好的房子，這多不孝順啊，呵呵……」

丁奶奶也看出來了，這件事的起因是在這裡。

「我這房子是很舊了，也該換了，」又看了一下幾個孩子的反應，沒人敢插話，丁奶奶繼續說，「但我這個老婆婆捨不得離開這裡，你們要是非讓我搬……非要盡盡孝心的話，就幫我這個老婆婆在鎮上再買間房子吧，不用多好，住得近，讓我能多去看看老頭子就好。」

三家都沉默了。

丁奶奶看那幾家人都不開口了，端起茶杯來喝口水喘口氣，還沒再說話就聽見張蒙在那裡小聲嘀咕，「姥姥偏心……」

丁奶奶的耳朵還很好，聽到了就問張蒙，「蒙蒙，妳說姥姥偏心，怎麼偏心了？」

張蒙在那裡撥著橘子嘟囔：「城裡多好啊，您不去住城裡，在這裡還不是為了……」

張蒙看了丁浩一眼，撇撇嘴也不說了，丁奶奶沒聽懂，但丁浩懂了，怕老人傷心，連忙打馬虎眼，想矇混過去。

「奶奶，她是說您太照顧大家了，不捨得叫大家出錢讓您享受……我們鎮上也很好，空氣清新，有山有水的，都好，都好！」

丁浩想得很美好，他覺得他奶奶太有觀察市場的眼光了，要是在鎮上弄了兩間房產……哈哈！丁浩心裡美開了花，他如今看著丁奶奶都像是鑲了金邊的，那叫一個富態。

張蒙看丁浩笑得開心，忍不住哼了一聲，聲音也大了一點：「你家不拿錢，你當然說這裡好了，姥姥妳平時白疼他了！」

張蒙也一肚子的怨氣，丁浩平時在學校裡總是幫白露，不幫她，今天這件事也是丁浩家不對！張蒙一直覺得老人偏心，如今更是這麼覺得了。丁浩家不拿錢出來買房子，姥姥不說他家，反倒幫他們，這也偏心得太厲害了吧！

丁浩也有點生氣。這一聽就是她從自己父母那裡聽來的，如果不是自己爸媽說過，張蒙哪會知道這些啊！大人的事小孩就別摻和，他這個年齡如此敏感的人都不敢摻和，妳張蒙裝什麼厲害啊？丁浩看了一眼張蒙，越覺得這孩子不可愛。

丁遠邊不說話了，他也聽出姊姊、姊夫背後的意思了。他最小，丁奶奶平時是偏愛他一點，但也不能在背後教孩子這麼說啊！丁遠邊端起茶，悶悶地喝了一口。

丁蓉也覺得張蒙這次太胡鬧了，瞪了她一眼，看到張蒙還對丁浩翻白眼，忍不住在底下掐了她一把！這孩子，有這麼多大人在，說這種話也太沒眼力了！丁蓉又瞪了張蒙一眼，意思是回去收拾她。

張蒙顫了一下，她媽平時對她好，但是犯了錯，還是會狠下心收拾她的，張蒙有點後悔剛才說得太快了。

丁奶奶現在也聽懂了，看來三家人私底下的意見也不統一。老人也知道大兒子、小兒子賺個錢不容易，閨女、女婿雖說在經商，存了一點錢，但也沒多寬裕，要不然早就自己進城買了房子不是？老太太心裡很清楚。

冷場一會兒，丁奶奶又開口了：

「既然你們嫌我住舊房子，丟你們的臉，這樣吧，我把這間舊的賣了，加上自己的一點錢，自己幫自己在鎮上買間房子住，你們覺得怎麼樣？」

三家人你看看我，我看看你，過了一會兒還是丁浩他大伯開了口，「媽，這間房子是爸留下的……」

「是，這房子是老頭子留下的。」

丁奶奶坐得四平八穩，很有幾分氣勢，一一看過兒子、女兒、女婿。

「當年你們結婚，老大在城裡，就送了錢過去，丁蓉是陪嫁的三大件，老三家結婚的時候，老頭子也沒什麼值錢的，就在鎮上跟我住了幾年。」老太太看了他們幾個，「我們兩個老人把你們拉拔長大，也都幫你們找到媳婦、成了家，這房子是最後老頭子留給我的，他說不怕兒孫不孝順，給我留份棺材本。怎麼，我還沒走，你們就連我的棺材本都想拿走了？」

丁浩他大伯被說得臉紅，連連擺手。

「媽，您說到哪裡去了？我們不是那個意思。從一開始就不打算賣您的房子，在城裡買房也是我們三家合夥湊錢，怎麼能讓您出呢……」

丁奶奶的語氣也和緩下來，有點累了，「那就這樣吧，你們三家也不用湊錢了，鎮上房子也不貴，我賣了這個小院子，換間結實一點的就好了，你們都回去吧。」

丁遠邊看到老人像老了幾歲一樣，心裡有點難受。他們來不是逼丁奶奶搬家的，只是扯來扯去就變成了這樣。

他握著丁奶奶的手喊了一聲，「媽……」

丁奶奶拍了拍丁遠邊，吩咐他，「去吧，都回去，孩子們也要上學吧？明天又是星期一了，都還要上班，都回去吧，也讓我這老婆婆休息一下。」

三家人起身離開了。丁遠邊這次是自己開車來的，跟公司借了小轎車。張蒙今天晚上有演出，又想到她媽說要回去收拾她，也不回家了，吵著要坐丁浩家的車去學校。

丁蓉想省車費，也就答應了，跟丁遠邊客氣了一下，「坐得下吧？」

丁遠邊心裡再氣，也不好拿孩子怎麼樣，所以應了一聲，說坐得下。丁浩猶豫了一下，拉住了大伯跟大伯母的手臂說：

「大伯，您也坐我家的車回去吧？您、大伯母還有張蒙，正好後排坐三個人。」

丁媽媽已經坐在副駕駛座了，聽見丁浩這麼說就問了一句：「丁浩，你不跟我們回去？你晚上也要回學校吧？」

張蒙已經坐進去了，她沒帶什麼東西回來，拿了點生活費就空手回去。丁浩把大伯跟大伯母也推進去，笑了笑，「我等等再走，跟同學都約好了，我們幾個一起回去。媽，您就不用擔心我了啊！」

大伯母王梅也有點不好意思，還在謙讓，「我們在前面自己坐公車也很方便的，丁浩，上學要緊，還是你一起走吧？」

丁浩幫忙關上車門，「真的不用，您千萬別跟我客氣，我跟丁泓在學校可是不分你我的，何況是您跟我們家呢！」

這句話倒是讓兩家的大人都笑了，大人也願意看到他們兄弟在學校好好相處啊。

丁浩看到丁遠邊要開口，趕緊搬出丁奶奶來堵他，「我好不容易來一趟，您就讓我多待一會兒吧！我奶奶平時都有教我，這可是生我養我的故鄉啊！」

丁遠邊被這臭小子氣笑了，也知道丁浩是不放心丁奶奶，跟他揮了揮手，又囑咐他：「好吧，你就待這裡，下午自己回去，到了學校記得去傳達室打電話給我！」

丁浩隔著老遠向丁遠邊行了個禮，笑道：「保證完成任務！」

看著他們走了，他才進屋去。客廳的茶几上還來不及收拾，丁奶奶正歪在沙發上閉目養神。

丁浩看到丁奶奶疲憊的樣子，心裡一陣不忍，貼著丁奶奶坐下，抱著老人不鬆手。

丁奶奶睜開眼，看見是丁浩嚇了一跳，「浩浩，你不去上學啦？你爸媽怎麼不帶你走，要是遲到了可怎麼辦？」

丁浩搖搖頭，「奶奶，還早呢，我想多陪您一會兒，我下午再走，您可別趕我啊。」

丁奶奶笑了，「奶奶怎麼捨得趕寶貝浩浩走呢！」

丁浩抱著丁奶奶肩膀，悶聲悶氣地說：「奶奶，您要是不願意換地方住，我們就不換，您願意住這裡，我就幫您修房子。」丁浩聽到丁奶奶又笑起來，知道老人沒當真，但他是認真的，「我們重新把家裡裝修一遍好不好？」

丁奶奶拍拍丁浩的腦袋，「大人的事，浩浩不用管，浩浩只要在學校聽話，以後賺錢買好吃的給奶奶就行啦！」還把丁浩當孩子哄呢。

丁浩的眼眶都紅了，他何嘗不知道丁奶奶的打算。不願意離開故土是一方面，另一方面就是不願意看到兒女們為難，不想他們之間起矛盾，才說要賣掉這裡，換一間體面一點的房子。

丁奶奶捨不得這個家，丁浩也捨不得丁奶奶難過，陪她說了一會兒話，看到丁奶奶累了就趕緊扶老人去休息，又端來溫水和藥，餵老人吃下。

「奶奶，我把帶來的藥放在那個小櫃子裡了，還是原來的那個地方，您可一定要記得吃啊。」見丁奶奶答應了，又在旁邊看著老人睡著才輕手輕腳地退出來。

他的心裡很亂，穿了件小外套就出去了。看著鎮上新蓋的那些房子，甚至還有一兩棟兩層西式建築，丁浩覺得自己對這裡已經漸漸不熟悉了，這裡不是小時候的他到處亂跑的老鎮了，也不是可以四處搗亂的小巷子、大院子。小鎮已經漸漸變了模樣，他的記憶也漸漸改變了重心。

現在的他，記憶最深刻的是白斌家的那個房子，那間二樓的小臥室，可以看到星星卻偶爾會漏風的室內小陽臺。

他跟白斌有一次冬天為了看流星雨，還裹著被子等了好久，陽臺上的玻璃破了一塊，風一直吹進來，最後還是他找來紙板貼上去的。可能誰也想像不到，那麼好的房子怎麼還會破洞漏風呢？丁浩已經不記得當時是怎麼跟白斌說的了，只記得白斌那時候笑得很好看，一起裹著的被子很暖很暖……

丁浩吸了吸鼻子，忽然有點想白斌了。

丁浩又看了一眼逐漸變樣的小鎮，轉身回去了。天氣逐漸變冷，只穿一件小外套果然不行，丁浩走到半路已經開始打噴嚏了。他繞到醫務所，買了一些藥放在口袋裡後回去了。這秋冬季節感冒的人很多啊，提早吃藥預防才好。想著想著，又是一個噴嚏！

丁浩拿紙巾擦鼻涕，一邊吹風一邊自戀：

「唉，不知道又是誰在想我，打了一路的噴嚏……」正說著，又打了幾個噴嚏！

旁邊的人倒是笑了，「你沒聽人家說過嗎？這打噴嚏啊，一想兩罵，次數多了就是感冒啊！」

這位也是熟人，提著袋子在旁邊笑著跟丁浩打了招呼，「又回來看丁奶奶啊，丁浩？」

丁浩抬頭從頭看到腳，摸著下巴又從腳看了回去，「張陽，你穿的衣服真好看！」這死小孩感冒了也不正經，表達意思含含糊糊的，看著張陽的眼神倒是很認真。「哪裡來的啊？也和我介紹一下，我也弄來穿穿！」

張陽今天穿了一身改良版中山裝，外頭還套著一件厚呢的深色風衣，聽見丁浩這麼說，也大大方方地站在那裡給他看，一雙眼睛笑咪咪的。

「好看？我這是班上的演出服裝，拿回來試穿又熨燙了一下。」他聽慣了丁浩的這種流氓語氣，還大方地問丁浩，「要不然，我脫下外套讓你仔細看看？」

丁浩趕緊制止他，「別啊，千萬別！你這一脫，像我一樣感冒了的話，你們老師會來找我拚命，晚上就要演出了……對了，你們班演出什麼節目啊？」

張陽答道，「一個樂器合奏。」

丁浩小驚訝了一把，「你還會樂器啊？」

要是別人這麼說，張陽心裡可能會不爽，覺得他是看不起人，但是丁浩說的時候，眼睛睜得圓圓的，怎麼看怎麼可愛。或許是看人吧，張陽覺得能讓丁浩露出這麼詫異的表情還很自豪，笑說：「我們班的能人多得很，我還是在後面，屬於濫竽充數的。」張陽推推眼鏡，「你晚上也會去看演出吧？我們的表演排在第五個，記得多關注啊！」

丁浩連忙點頭，表示這是自己兄弟的事，請張陽放心！

有人陪，路途走得也很快，沒一會兒就到了丁奶奶家，丁浩跟張陽道別時又問了句，「張陽，你媽媽……工作忙不忙啊？」

張陽有點不解，但還是回答了，「還好，學校食堂是輪休，隔日上班，時間也很寬裕。」

丁浩笑了，抓抓頭髮，「那就好，我們兩家離得很近，我奶奶要是有什麼事，還想請你家多多幫忙呢！」

張陽也笑了，他知道丁奶奶對丁浩的重要性，也是第一次被人請求這樣的事，這次連眼裡都含著笑意，「那是一定啊，你說的，我們是兄弟嗎？」

丁浩用手臂撞了他一下，豎起大拇指，「夠兄弟！我走了啊！」

看著丁浩走進小院子，跟他揮手道別的少年還是帶著藏不住的笑意。

也許這份感情，就是在此刻的信任中萌芽，直到很多年後才會發現，這對他來說是多麼重要。不過，並不是所有的感情都需要得到回應，不是嗎？

喜歡一個人，也可以細水長流，默默想念。

丁浩回來的時候，丁奶奶還沒起來，丁浩自己先吃了感冒藥，看到廚房裡還有粥，就熱了一些，隨便吃了一碗，又把其餘的放在小鍋子裡溫熱。看到旁邊還有蔬菜，丁浩拿去洗，又切碎後放在盤子裡，準備等他奶奶起來的時候再炒一下，老人吃飯還是趁熱吃的好。

剛做完這些，丁奶奶就起來了。丁浩在門口探出頭說話：

「奶奶，您洗個臉，來吃飯吧！我菜都切好了，在鍋子裡翻一下就好！」他有點感冒，也不好在老人那裡待太久，聽見老人應了一聲，就跑去廚房了。

丁奶奶喝著丁浩熱的粥，又吃著丁浩親手做的菜，心裡真是感慨。

「一轉眼，浩浩也會做飯了呢。」

丁浩有點得意，他這手廚藝還是以前被丁媽媽的白菜湯逼出來的，多年沒做，沒想到還是可以的。

丁奶奶看他不吃，又問：

「浩浩不餓？想吃雞翅嗎，奶奶這就去幫你煮……」

丁浩連忙拉住丁奶奶，跟她坐在對面，小聲地說：「沒有，我吃過了，不餓。奶奶，您自己吃吧。」

丁奶奶聽到孫子的回答，順手就放在丁浩腦門上量了量溫度，「是不是有點熱啊？」

丁浩搖了搖腦袋，「不熱，是您手涼！奶奶，吃完我再幫您量一下血壓吧？是白斌家新弄來的自動血壓計，可以量血壓、心跳，量完了還會報出來，可方便了！」

丁奶奶有點猶豫，「浩浩，這種東西很貴重吧？這是白斌家的東西，我們萬一用壞就不好了，你用之前附有聽筒的幫奶奶量就行了！」

那小玩意兒確實很貴，不過再貴的東西也得有人用才行啊。光是這種東西，白老爺子那裡自動、半自動的有好幾個，都用不完。丁浩整天嘀咕著丁奶奶的血壓，白斌留意了一下，特別拿了一個回來，讓丁浩帶回來給丁奶奶用。

丁浩等玩老人吃晚飯，收拾好了，又去擺出陣仗，幫丁奶奶量血壓。

「奶奶，您就這樣想，這東西就算一個一百塊，在醫院量一次算一毛錢，您量一千次就賺回來了，對吧？」

丁奶奶被他逗笑了，順從地躺下，伸出手臂讓丁浩量。

那高科技的小玩意兒只有一個拳頭大，小螢幕上跳動著幾個數字。等血壓量好了，數字也停頓了下來，小東西開始報數，「高壓，一五五，低壓，一一五……」

丁浩被這數字嚇了一跳，丁奶奶也聽見了，讓丁浩去拿藥來給她吃。

「唉，今天累到了，有點頭痛。」丁浩皺起眉頭，看丁奶奶吃完藥，又去幫老人沖了一杯羅布麻茶。這也是特別拿來的降壓茶，給丁奶奶喝的。

看到老人說頭痛，丁浩更是不肯走了，陪她在客廳聊了一會兒，又一起看了電視。丁奶奶可能真的累了，看著戲曲，竟然睡著了。丁浩把小毯子拿來幫老人蓋上，把電視聲音調小了一點，卻沒有關上。丁浩怕太安靜了，老人反而容易醒過來，一直陪到快傍晚，丁奶奶的精神才好了一點。

丁奶奶睡了一個下午，醒過來時看見丁浩還在，立刻催丁浩去學校，「浩浩，你怎麼不叫醒奶奶？都這麼晚了，是不是要遲到了啊？快去學校吧！」

丁浩看看時間，五點了，再不走就真的要遲到了，他跟老人告別後就要出門。丁奶奶又叫住他，回屋子裡拿了件厚外套幫丁浩穿上，不解恨似的又圍了一條厚厚的圍巾，幾乎快把丁浩的小臉遮住了一半，「多穿點，天黑了很冷！」

丁浩隔著圍巾笑著，一雙眼睛都變成了月牙，聲音甕聲甕氣地說，「奶奶，您對我真好！」

丁奶奶以為丁浩是隔著圍巾，聲音才低沉了一點，也沒多想，笑著幫他理了理外套。

丁浩趕回學校的路途很不順利，這個時間點，按理說應該還有回去的公車。多少年沒坐過的丁浩站在路邊站牌旁傻等了半天，才被告知這邊的車是四十分鐘一班，剛才車已經走了，就算是路過的順路車也沒見到一輛。

太陽快下山了，風很冷，丁奶奶剛才加的衣服起了作用。丁浩把圍巾往上拉，瞇著眼睛想辦法，忽然聽見一陣摩托車的聲音在後面響起。

那個時候，騎摩托車還是比較時髦的行為，最好再穿一件皮衣，不戴帽子，招搖過市。這是大人心中典型的社會毒瘤痞子，但在同齡的青少年眼裡還是會忍不住偷看幾眼，暗暗羨慕。

這位騎摩托車來的沒穿皮衣，也沒留奇怪的髮型，一個平頭剃得中規中矩的，身上也穿著長風衣，看起來倒是個清瘦的少年，就是臉上有一雙倒三角眼垂著，看起來很陰沉。

這位正卯足了勁騎摩托車，前面路上就突然衝出一個人，張開雙臂，橫擋在路前面！就算他算是技術熟練的，也差點被突發狀況弄翻摩托車，甩到地上去！

緊急刹車的結果就是輪胎摩擦，濺出一串火星，那位的脾氣也被擦出來的火星燃起，跳下車就開罵：「你他媽沒看到車啊！找死嗎！傻子……！」

前面攔車的倒是好脾氣，幾步跑過來，幫他扶起車後交到他手上。

「別生氣了，你看，你這一開口都對不起阿姨幫你理的這個髮型！你要趕去城裡吧？也是要去看演出？順便載我一程！」

那個人穿得厚實，臉也快被圍巾裹得看不見了，一步跨上摩托車的姿勢倒是很流暢，坐在車上後還催，「噯，李盛東，快點騎車啊！」

李盛東的臉色更陰沉了，湊近後把他的圍巾扯下來一點，他覺得這個人說話的聲音、語調都特別耳熟，「靠，丁浩！！老子就知道是你！你他媽……」

丁浩的臉色很嚴肅，「我們的事別扯上我媽，李盛東你有種就只罵我。」

李盛東被他堵得上不去下不來，臉色都發青了，往地上狠狠吐了一口口水。

「丁浩你……你就這樣衝出來，我的車……我這個人萬一摔壞了，你要拿什麼賠老子！你給我下來！我不載你！」

李盛東扯著丁浩，但那死小孩抱著車不放手，隔著圍巾嚷嚷，「我知道你也是要去看演出！你不帶我去，我就不下來，我告訴你李盛東，你再拉我，後果只有一個，我們誰都去不了！」還威脅人。

可是，他的聲音被感冒磨去一半，又被圍巾擋掉一小半，喊出來的聲音跟悶哼差不多，聽到李盛東耳裡也變了調。

李盛東的雞皮疙瘩起了一身，「別噁心人啊，丁浩！跟我撒嬌沒用！滾下來！！」

丁浩看到天都快黑了，也急了，「李盛東，你大爺的！我告訴你，你要是把我逼急了，以後凡是我看見你的這輛破車，我就去割你的輪胎！」

丁浩瞪大一雙眼睛，跟李盛東對視，連眨都不眨，恨不得拿筆寫上「我是認真的，請你相信我」。

有句話叫地痞怕流氓，有臉的怕不要臉的，李盛東這個地痞算是被丁浩這個小流氓治住了，憤憤地騎上摩托車，「算你欠我一個人情，以後要還，知道嗎？」

丁浩抓過唯一的安全帽，自動自發地戴上，拍著李盛東的肩膀，也不怕他。

「不用跟我客氣，盛東啊，我們的感情都恨不得穿同一條褲子了，分什麼你我啊！」

摩托車發動，發出一陣噪音後繼續向城裡衝，空中還有陰沉沉的聲音慢慢飄遠，「誰他媽跟你穿同一條褲子了！別碰我肩膀……」

「……開車看路！左邊、右邊，嗳，看前面啊啊啊！李盛東，你會不會騎摩托車啊！」

「閉嘴！！老子比你厲害……」

「唔唔唔……」被灌了滿嘴風的小孩一手抓著前面的人，一手把安全帽的擋風玻璃放下來遮住自己，接著雙手死死地抱住前面的人不放手。李盛東禍害命大，不想遲到的丁浩當了一次縮頭烏龜，決定相信這孫子天生命硬。

「……也別抱著我的腰！給我放手，丁浩！！」

回答他的是一連串的安全帽撞後腦勺。

李盛東被撞得不輕，眼淚都快掉出來了，他覺得自己這是自作孽，應該把丁浩這孫子直接甩到地上去，騎車走人！

他甩了甩腦袋，完全不覺得這是自己故意騎到石子多的路上，想讓丁浩顛簸一路才造成的撞擊事件。這壞小子在心裡又默默加了塊砝碼，今天丁浩欠他欠多了！哼！！

李盛東這孫子果然天生命硬，那一手破摩托車技術竟然還真的趕在七點前抵達了演出的大禮堂門口。丁浩一路上被他嚇出了一身冷汗，下車後還覺得腿軟。

李盛東把摩托車停好，催丁浩趕快走，「在路上喊快的是你，現在到了目的地，半天挪一步的也是你！丁浩，我說你快點行不行？」

丁浩把大圍巾往下拉，看到比自己還積極的李盛東覺得很奇怪，但還是快步趕上去，「你上學曠課都習慣了，現在還怕遲到啊？李盛東，你慢一點……噯，別扯我手臂！走這麼快，你是要上臺演出還是等著看誰啊？」

李盛東扯著丁浩的手臂，乾脆一路拖著進了禮堂匯演廳，聽見丁浩這麼問，三角眼就斜過來了，嘴裡哼了一聲，「靠，你管那麼多！」只是再抬頭，臉都紅了。

這也不怪他，李盛東這臭小子被關在學校讀了幾年書，臉就稍微變白了一點，這一白，咳，就容易暴露出內心想法。

丁浩更是好奇了，眼睛在李盛東的臉上轉來轉去，「你這麼急，是不是要看哪個美女演出啊？嘿，李盛東，你是情竇初開了啊，哈哈哈！」

李盛東呿了一聲，扯著丁浩往匯演廳裡擠。裡面雖然之前都劃分好各個學校的區域了，但是場地太大，來的學生又太多，老師根本控制不了局面。大概是快開始了，大廳裡的燈有一大半都關掉了，更有人趁機換位置，跟熟人一起看，走道上都是人。

丁浩被李盛東扯著，在人群裡橫衝直撞，李盛東的脾氣不好，一路上都還算是忍讓，嘴裡喊著，「讓讓啊，麻煩讓讓……」

主動讓位給他過去的也就算了，遇到不讓路的人，這臭小子就下黑腳，一腳一個，專踢人膝窩，一路上硬是踢開了一條「血」路。後面的人被踢得哇哇叫，有人上來埋怨，被李盛東一個狠毒的眼神瞪得縮回頭。

中間那邊最寬敞的一排是李盛東他們學校的分界線，前面觀看位置最好的地方只零零散散地坐了幾個人，正歪著頭四處找人，看見李盛東過來連忙揮手，「東哥！這裡！」

李盛東拎著丁浩過去，旁邊的人趕忙空出位置。李盛東不客氣地坐在空出來的位置上，旁邊的人還適時地遞上幾瓶礦泉水，「東哥，你來得剛好，正要開始呢！」

丁浩被放在李盛東隔壁的位置上，看著那幾個人對李盛東一口一個東哥的，就知道又是李盛東那個人梟雄主義作怪了。

那臭小子以前是當了一段時間的大哥，後來就沒再跟他提過。丁浩覺得李盛東這孫子是小時候的基礎願望沒有打好，太不與時俱進了，現在都什麼年代了，竟然崇拜一個擁兵割據的悲情梟雄吳三桂。

丁浩抓起一瓶礦泉水，在那裡嘀嘀咕咕，「還東哥，喊東爺還比較好……」

李盛東貼著他坐，一下就聽見了，從丁浩手裡奪過那瓶礦泉水開始趕他，「丁浩，這是我們學校的位置，」他用手推推丁浩的腦袋，指向另一邊，「看見沒，那邊是你們學校，你自己過去吧！」

丁浩往他指的方向看了一眼，那裡有一大堆人，踮起腳來也看不見頭，就他現在這個帶病之身，想擠過去還真是困難。再說，誰知道裡頭有沒有跟李盛東一樣不道德，會踢黑腳的人呢？

丁浩掂量了一下，又在李盛東那邊擠著坐下，「我先坐這裡吧，反正我們學校的人到時候要出去，肯定會經過這裡，我等演完了再跟上。」

一副賴定這裡的樣子倒是讓李盛東笑了，也不趕丁浩走，「丁浩，你這臉皮隨著年齡增長漸長啊，嘖嘖，越來越厚了！」

丁浩也笑了，把圍巾往下拉，喝了一口水跟李盛東開玩笑，「那當然，不厚一點，臉紅都被人看見了……」還算計著呢。

李盛東剛想說話，整個大廳就全黑了。接著舞臺燈亮起，司儀出來了，照慣例說了一大堆賀詞，然後文藝匯演正式開始。

各個學校卯足了勁地表演，也沒能讓丁浩從感冒的頭暈、鼻塞中恢復過來。丁浩覺得這一路吹風吹過來，八成真的要感冒了，從外套口袋裡掏出藥來吃。

李盛東那幾個小弟像是剛收的，在旁邊搞不懂丁浩跟他們東哥的關係，看見丁浩吃藥，旁邊的一個人問了一句要不要送他去醫院，他們都有車。

最後一句的自豪，丁浩聽出來了，自然也知道這些半大小子們說的車是什麼車。他可不能再在摩托車上吹風了，搖搖頭表示不用，還友好地對他們笑了笑。

丁浩又看了兩個表演，不是合唱就是獨唱，不是單人孔雀舞就是團體交誼舞，打了個呵欠後，歪在椅子上伸長腿，準備瞇一會兒。

丁浩跟李盛東來得雖然很晚，但李盛東的小弟們提前占好了位置，中間靠著演員走道的地方很寬敞。丁浩攤開手腳，幾乎躺在那張椅子上，一副大爺樣，正準備進入夢鄉時，忽然聽見一聲輕叫，「哎呀！！」

通常會發出這種聲音的時候，都不會發生什麼好事，這恒古不變的定理再次被印證在丁浩身上——丁浩被一個穿著演出服，急匆匆路過的小女生坐到懷裡了！

坐得十分紮實，丁浩覺得自己的肋骨都快被壓斷了，差點沒喘上氣。正抓著扶手，準備推人起來，那個小女生就馬上自己站起來，一張小臉更紅了，「我我、我……對不起啊！」說完一個鞠躬，扭頭就跑走了！

丁浩還在揉身體，從頭到尾都沒看清楚小女生的臉，只覺得被那一身香氣熏得鼻子更塞了。遠遠看了一眼，似乎是個穿蒙古族演出服裝的小女生，白亮亮的綢緞衣服在燈光昏暗的演出廳裡很刺眼。這一看不要緊，丁浩發現周圍有更多人都在看著自己，還有對自己眨眼的人，「嘿嘿，兄弟好有豔福啊！」

李盛東也在旁邊低低地吹了聲口哨，一雙三角眼裡滿是戲謔，「丁小浩，看不出來啊，還有美人投懷送抱？要不要哥哥幫你去打聽是哪個學校的？」李盛東的手臂搭在丁浩的肩膀上，靠得很近，「只要你說願意，哥哥就算用搶的，也幫你把那個女生搶過來！不過啊，嘖嘖，那個女生看起來好像比你高……」

丁浩裝作沒聽見下半句，感動地撲到李盛東身上，「東哥！你對我真好！」

演出廳的燈光昏暗，丁浩趁機在李盛東的衣服上狠狠蹭了幾把鼻涕。李盛東你個孫子，還敢笑我，吃鼻涕去吧！今天非把感冒傳染給你不可！！

丁浩的感冒的確很厲害，不過入場時吃的感冒藥也及時發揮了作用，就是後勁有點強，讓人眼皮發沉。丁浩看了一下就睡著了，一覺一直睡到演出結束，也幸虧前面不再有人被丁浩的腿絆到，摔到丁浩懷裡。他睜開眼時就看見大家撤離的身影，丁浩還在迷糊，「演完了？」

李盛東的精神很好，明顯處於一種亢奮狀態中，「嗯！演完了！」

他眼神熱烈地開始追逐著什麼人的身影，像雷射掃描一樣——

丁浩覺得眼神要是能具體化，前面可是會倒下一片片的人。揉揉眼睛，丁浩起身去找自己學校的人，白斌肯定等得很著急，來得匆忙，還來不及跟他說一聲。

而李盛東忙著找人，壓根沒工夫理丁浩。

丁浩晃晃悠悠地跟著人群，都快走到門口了，也沒看見一個認識的。沒辦法，今天是星期天，大家都換了自己的衣服，沒有人穿制服，丁浩也認不出那麼多張臉啊！

丁浩走到大門口，決定在這裡等白斌。正在擔心白斌會不會認出圍著大圍巾的自己，又捨不得在冷風中把圍巾取下來，後面有人就叫住了自己，「丁浩！」

一回頭，就看見了張陽，還是那身中山裝加厚外套，一副細框眼鏡背後，眼睛還是笑的，「你出來時倒是很快，看見我們班演出了嗎？怎麼樣？」

「啊？喔喔！很棒！簡直就是天籟之音啊，要不是我不會你那種樂器，我都想跟著一起演奏了！」

丁浩立刻豎起大拇指，他哪知道張陽他們班表演得怎麼樣，他整場表演睡得倒是不錯，除了被一個小女生壓到身上……

張陽笑得很開心，拍了拍丁浩的肩膀，「謝謝誇獎啊，你要學，我以後教你！」

丁浩點了點頭，跟張陽客套幾句。張陽見到丁浩還在等人，想了想也知道是白斌，跟丁浩說完再見就先走了。丁浩告別的手還沒放下來，就被人在後面戳了肩膀，還很用力，想不注意到都不行。

李盛東從後面鑽出來，臉色很陰鬱，「丁浩，你跟那個人認識？」

丁浩被他嚇了一跳，揉了揉自己的肩膀，「那是張陽，你以前揍過他，你忘了？」

李盛東想了想，眉毛都皺起來，「沒印象……被我揍的人太多了，一下想不起來啊。」

丁浩聽得一臉黑線，剛想提醒，又被李盛東扯開話題，李盛東今天晚上的意圖很明確。

「丁浩，剛才那個穿演出服的，我是說，他穿的那種演出服，是你們學校的？」

丁浩點點頭後，李盛東的眼睛亮了，搓搓手，「嘿嘿，哪個班的啊？」

丁浩明白了，李盛東是看上了一個人，而且是張陽班上的人。丁浩對李盛東露出八顆小白牙，勾起標準微笑，「這個啊，我就不知道了！」

李盛東信他才有鬼！磨著牙，捏住了丁浩的圍巾，恨不得用圍巾勒死他，臉上硬是擠出了一點笑，「丁小浩啊，不不，丁浩，你看，我們當年好得都恨不得穿同一條褲子……」

丁浩一臉嫌棄，「誰他媽跟你穿同一條褲子了！別貼著我……」

這就是現世報啊。李盛東做了個深呼吸，把自己的怒氣一點點地壓回去，嘴角都開始抽動，「丁浩啊，幫哥哥一個忙，哥記得一輩子！」

丁浩這次神色正常了一點，拍了拍李盛東肩膀，「行啊，你要什麼樣的美女，兄弟都幫你找過來，就算用搶的也幫你搶來，真的。不過東哥啊，那女的比你高吧？」丁浩有點憂慮地上下看了看李盛東的身高，為了確保完全看到，還後退了兩步。

李盛東扯著圍巾，把丁浩拉過來，磨著牙恨恨地盯著他，連說話的聲音都帶著顫音，「丁……浩……！」

丁浩立刻堆起笑臉，雙手跟李盛東保持安全距離，「噯噯，李盛東，我在跟你玩呢，別介意，不能生氣啊！」

丁浩這死小孩向來有仇必報，剛才報了仇，心情也好，也不跟李盛東計較了，「那是實驗班的，實驗班就在我們班對面，你要到實驗班找人，找我就對了！」

李盛東哼了一聲，鬆開丁浩的圍巾，眼神有點往上瞟。

「那什麼，我要找今天晚上演出的時候在第三排左邊，第二個吹小號的人……短頭髮，單眼皮的……小女生……」最後還摸摸鼻子，這是李盛東的小動作，竟然害羞了。

丁浩睜大了眼，「我說李盛東，在那種犄角旮旯裡的人，你都能看到啊？」

李盛東瞪他一眼，「廢什麼話！給句話，找不找？」

丁浩立刻拍了胸口，「必須幫你找啊！就我們的交情，不用說！不過李盛東啊，你確定你看清人家長什麼樣子了？吹小號的不都鼓著臉頰……」丁浩立刻換上了然的表情，「難怪你從小愛吃包子，原來你偏愛包子臉！」

李盛東氣得拍了他腦袋一掌，罵了一句，「滾蛋！」

李盛東再三囑咐丁浩幫他找人，見到丁浩把那個人的特徵都背了下來，這才離開。丁浩對那個包子妹很感興趣，他記得以前李盛東沒有這段初戀的萌芽。李盛東泡過的女生不少，但是能帶回家的，到他出事那時候都沒見過。

難不成李盛東的初戀小女友，是自己這個重生人士的小蝴蝶翅膀閃現出來的？也對，丁浩想起自己跳級讀書的時候，李盛東也提前一年上學了……

正想著，後面有人輕輕拍了拍自己的肩膀。丁浩覺得李盛東這個陷入戀愛的少年也太纏人了，頭也沒回，就喊了一句，「有完沒完啊！我都記住了，第三排左邊第二個吹小號的……」

後面那個人突然伸手過來，探到丁浩額頭上，他的手有點涼，放到丁浩額頭上的動作很輕。

「浩浩，你是不是感冒了？」

丁浩背對著他，也能知道他現在說話時不贊同的神色，果然下一句就是，「我應該去接你的。」

丁浩順著他的手往後靠過去，開始裝可憐，「白斌，我感冒了……咳咳！」

白斌聽到小孩在大圍巾裡帶著鼻音的咳嗽，皺起眉頭，幫他把衣服再往上拉了拉，「去打針吧？」

丁浩立刻自己站起來，「其實也沒那麼嚴重，我吃藥了，回去睡一覺就沒事了。」從口袋裡掏出那些藥給白斌看，還想重申一下時，風一吹，立刻打了個噴嚏，「好冷啊，白斌我們回去吧？」

白斌想了想，還是答應了他，「好吧，回去再量一下溫度。」比起醫院的抗生素，自身產生的免疫會好一些，白斌決定明天丁浩還沒好的話，再帶他去醫院。

小李司機在下面等著，看見他們過來，閃了閃車燈。見到丁浩裹得跟一隻小熊一樣爬進來，笑道：「丁浩，今天穿得很豐滿啊？」

丁浩半躺在後座上哼了哼，半張臉還是埋在圍巾裡，「李哥，我感冒了，小心傳染給你啊……」

白斌在後面靠著他坐下，又不放心地試了試丁浩額頭的溫度，也沒多燙，但看到丁浩無精打采的，心裡有些不舒服。這直接表現出來，就是那一直擰著，沒鬆開的眉頭，「真的不用去醫院？」

丁浩搖頭，白斌翻出一瓶礦泉水，試過後不是很涼，這才遞給丁浩，「那喝點水吧？」

丁浩接過來喝了一口。他之前搶了李盛東的一瓶水來喝，並不渴，就拿著那瓶子來回捏著玩。

白斌臨時改了地點，讓小李司機送他們回家。他覺得丁浩這樣，還是在家裡休息好，畢竟比學校暖和一些。小李司機喔了一聲，又把車裡溫度調高一點，轉動方向盤，直接去白斌家。

到家後，白斌又幫丁浩重新量了體溫，三十七度多，不算嚴重。幫丁浩換了一床厚被子又餵他喝水，再吃了一片消炎藥。丁浩的扁桃腺容易發炎，只吃感冒藥的話，效果不好。

吳阿姨端了一碗湯過來，敲敲門，「丁浩睡了嗎？」她沒想到兩人會在這個時候回來，聽見白斌說丁浩病了，趕緊起來幫他們煮了一碗薑湯。

白斌接過來，放在一旁後跟吳阿姨道了謝，「他已經沒有再喊冷了，我等等讓他喝掉，阿姨妳去睡吧。」

吳阿姨又看了一眼，看見丁浩裹在厚被子裡，只露出一顆小腦袋，鼻子都搓紅了，讓人看了很心疼。

「唉，那要是晚上有事再喊我吧。客廳、廚房裡都是新燒的熱水，也有冷的白開水，讓他多喝點啊。」

白斌點頭答應，又提來一壺放在臥室，這才關燈，上床去睡。丁浩往裡面挪了挪，「你不看書了？」

白斌把他抱回來，兩人一直都是蓋同一床被子，丁浩這樣等於是直接被白斌抱在懷裡，一下就暖了過來。白斌貼著他的額頭蹭了蹭，「不看了。」

怎麼覺得有點燙啊？還是不應該心軟，直接抓他去醫院……白斌有點後悔，丁浩每回手都會腫起來，他也就下意識地幫自己找理由，不帶他去醫院，萬一晚上燒起來怎麼辦？

丁浩的眼睛已經睜不開了，他累了一天，又跟李盛東鬥智鬥勇，被摩托車上的冷風吹得頭痛，現在想起來都難受，「離我遠一點吧？別傳染給你……」

回答他的是繞過來輕撫他後背的手，暖暖的，一下一下地安慰他。丁浩貼著白斌蹭了蹭，漸漸進入夢鄉。

這一夜睡得很好，暖洋洋的感覺一直環繞在身邊，讓丁浩做了一個夢。

他夢見自己不知怎麼的又坐在摩托車上，風很大，他的眼睛幾乎都快睜不開了，只能死命地抓著前面的人。那個人騎得特別快，耳邊都是摩托車的轟鳴聲。

丁浩忽然有點不安，拉著前面的那個人，想讓他停下來。可是車越騎越快，前面的路忽然變得陡峭起來——前面沒有路了，是懸崖！丁浩嚇得喊了一聲，摩托車一個淩躍，載著他們落入深淵裡……

「呼——」

丁浩醒了，抬手抹去頭上的冷汗，心跳跳得很快，還在為夢中的情景心有餘悸。

旁邊的人已經走了，枕頭依舊擺放得很整齊，上面放著一張字條，是白斌留的。說先去上課了，讓他好好休息，會幫他請假。

丁浩看完後把紙條放下，額頭的溫度已經降下來了，頭也不暈，感冒的症狀消失了。丁浩覺得自己的身體還很好，起身坐起來，剛想下床，忽然發覺到不對勁的地方。

手探下去，果然，內褲裡一片冰涼。

丁浩的臉都黑了，他媽的，昨天晚上他竟然夢見了……

丁浩捂著被子哀嚎一聲：「你大爺的李盛東！！！」

白斌晚上回來的時候，就看見丁浩自己乖乖地坐在餐桌旁等他，連碗筷都幫他擺好了。感覺有蹊蹺，怎麼突然這麼聽話了？他放下書包，過去抵著丁浩的額頭試溫度，嗯，不燙了……

丁浩也不躲，老老實實地坐在那裡。白斌覺得很有趣，又在他臉上親了一口。這次小孩躲開了，連椅子都快撞翻了，吳阿姨在廚房裡聽見動靜，探出頭來看：

「怎麼了？噯，白斌回來了啊……還有一道菜，馬上好啊，稍等一下！」又回頭進廚房煮飯。

丁浩端著碗往旁邊挪了挪，白斌也不鬧他，去換了衣服，洗好手回來準備吃飯。晚上吃飯的時候，丁浩夾了一隻雞翅給他，白斌笑了，「我今天倒是聽見了一個好玩的事，還是關於你的。」

「關於我？」丁浩抬起頭看著他，皺著眉想了半天，「我最近沒幹什麼讓人抓包的事吧？」這死小孩覺得凡事被抓包才算，平時那些都不算。

白斌夾了一筷子的青菜給丁浩，丁浩不愛吃，才想挑出去，就聽見旁邊那個人說，「昨天晚上匯演的時候，XX學校的節目是蒙古舞蹈，演出的人統一服裝也很漂亮，都是白色的蒙古服……」

丁浩默默地把碗裡的青菜吃了。

白斌又夾了一筷子胡蘿蔔絲給他，語氣倒是很溫和，「而且啊，有個小女生，嗯，聽說是XX學校的校花吧，走路的時候不小心摔倒了……」

丁浩把那難以下嚥的胡蘿蔔絲吞進肚子裡。

白斌又夾了一筷子胡蘿蔔給他，看起來比剛才還要多一些。

「摔的地方很特別，正好坐在一個看演出的人懷裡。聽人家說，那個豔福不淺的好像叫丁浩，」白斌夾了一點萵筍給他，碧綠碧綠的壓在胡蘿蔔上，「只是我不明白，那是市立國中的座位區吧？浩浩，昨天你感冒我還來不及問，你怎麼坐到那裡去了？」

丁浩都把臉埋在碗裡了，把那一碗都吃得乾乾淨淨。

吳阿姨來了興趣，「哎喲，浩浩偷偷交了小女朋友？」

丁浩差點被飯噎到，這次連白斌都停下來看著他。丁浩連忙澄清：

「沒有！阿姨，我連她的臉都沒看見啊！完全是偶然事件，突發事件，我要是知道，打死我也不坐在那裡……」

白斌笑了，夾起自己碗裡的雞翅吃。難怪丁浩喜歡吃雞翅，白斌覺得今天晚上的可樂雞翅味道真的不錯。欺負人後，爽快了的白大少第一次吃掉了大半盤的可樂雞翅，可憐丁浩這個感冒初癒的人被以「多吃清淡的，對腸胃好」為理由當成兔子，餵了好多蔬菜。

晚上睡覺的時候，丁浩還覺得嘴巴裡都是胡蘿蔔的味道，刷了兩遍牙才回床上去。

白斌已經打開檯燈在看書了，看見他過來也沒抬頭，丁浩就從他身上跨過去。他一直都睡在裡面，縮到被子裡後還覺得被白斌戲弄了，默默地轉過身去。

白斌放下書，摸摸他的腦袋，「昨天是怎麼回來的？」

丁浩沒回頭，悶聲悶氣的，「你不是都知道了？」

白斌低下頭，貼著他耳朵親了一下，「跟李盛東一起回來的？等不到公車才冷到感冒的？」

丁浩伸手抓了耳朵一下，他覺得很癢，回答得模模糊糊，「嗯，被風吹到感冒了。」

白斌喔了一聲，似乎對這個問題也不是很感興趣，放下書，從後面抱住丁浩後又問，「昨天晚上那個小女生……你想不想知道她的名字、班級？嗯？」

丁浩覺得頭皮發麻，白斌這個問題問得太詭異，跟李盛東那孫子問情人一樣，他要是回答「想知道」才是傻子！況且，他真的對那小女生沒興趣啊，前不凸後不翹的。丁浩老實地搖了搖頭，表示不想知道。

白斌笑了一聲，說話的聲音很輕，「我剛才在洗手間看到你掛著的衣服，真難得，浩浩……你白天時洗內褲了？」聲音似乎帶著熱度，隔著耳朵傳到丁浩臉上，臉都燙起來了。

「昨天晚上你流了一身汗，我幫你換了衣服，內褲也是新的……怎麼拿去洗了？」後面的人還在問，丁浩蜷起身子不說話，耳尖都紅了。

白斌把他轉過身來，摸摸小孩的臉，帶著開玩笑的意思問他，「浩浩，你是不是夢到那個穿蒙古服的小女生了？」

丁浩不肯抬起頭來，但還是回答了他，「沒，我夢見騎摩托車，一下子掉進溝裡了！」

白斌很敏感，立刻皺起眉頭，「你怎麼會夢到摩托車？你白天騎過摩托車？」

「……」

「跟誰一起騎的摩托車？」

「……李盛東。」

「你夢見李盛東？」

「沒！主要是摩托車，其次才是李盛東！！」

丁浩心裡的眼淚嘩啦啦地流，把李盛東的族譜順了一遍又一遍。他覺得，今天晚上的吃素生涯不算磨難，這才是自己受難的開始。

◇

丁浩被白斌當成兔子養了一個星期，看到胡蘿蔔都快哭出來了。他現在寧可吃大白菜，想著要不要找個理由回去看看丁遠邊跟丁媽媽。唔，要不要再幫丁奶奶送一些藥回去？丁浩轉著手裡的自動鉛筆愁眉苦臉，這日子過得真是淒慘。

下午放學的時候，丁浩在教室多待了一會兒。

白斌有事早上，被白老爺子叫走了，估計下午也不會來。丁浩無精打采地趴在課桌上發呆，回去就要吃胡蘿蔔……丁浩揹起書包往學校後門走，決定翻牆回自己家去。

去他媽的胡蘿蔔！老子又不是兔子！！白斌你也特別小氣，你以為用胡蘿蔔就能難為我嗎？哼，老子回家啃白菜去……

丁浩翻牆翻得不是很順利，剛從上面跳下來就砸到一個人身上。那個人穿著他們學校的制服，估計是想從後門翻牆進去，不知怎麼地，就跟丁浩想到了同一個地方，腦袋還被丁浩的書包砸中，躺在地上生死不明。

丁浩拍拍那個人，「兄弟，剛回來？不用進去了，放學了，那什麼，我先走了啊……」

丁浩伸手拿起自己的書包準備走人，一掀開就看見了那張欠揍的臉。丁浩也不起來了，騎在那個人身上就扯他的衣領，眼睛都紅了，「你大爺的李盛東！老子被你害慘了，你知不知道啊！」

李盛東被他扯了半天也回過神來了，眼神此刻還不大能對上焦，但看到眼前那張晃來晃去的臉也認出來是誰了。

「靠……丁浩，老子才是被你害慘了……你他媽從我身上下來！你砸死我了！」李盛東摸了摸腦門，又哎喲一聲，丁浩的包包裡是裝了石頭吧？這一砸就是一個大包啊！

伸手把丁浩從身上甩下去，李盛東晃晃悠悠地站起來，一邊揉腦門一邊問丁浩，「讓你找人的事情辦得怎麼樣了？找到沒啊？」

丁浩也回過神來，默默打量了一下李盛東跟自己身高之間的距離，明智地選擇了配合。

「沒啊，你以為那麼好找？」看到李盛東的眼睛垂下來，透著寒意，他立刻又補充了幾句，「不過他們班的人名我都打聽到了，只要在那個班，肯定能找到！」

李盛東哼了一聲，向丁浩伸出手，「把他們班上同學的名單給我！」

有個鬼的名單！丁浩一巴掌把他拍開。

「沒拿！我放在教室裡了，下次帶來給你！我先回家，後會有期！」

他正想走，就被李盛東扯住書包，拎回來了。那孫子夠陰險，對丁浩笑著，「沒事，哥跟你進去拿也一樣，正好弄到了一身你們學校的制服……」

丁浩鄙視他，「李盛東，你太急功近利了，你是想混進去看那個女生吧？我告訴你，別說現在都放學了，實驗班沒人，就算你進去見到人了又能怎麼樣？人家是好孩子，你總不能進去跟人家說『我是市立國中的李盛東，我們交往看看』吧？」

李盛東愣了一下，摸摸鼻子。他還真的是這麼想的。

丁浩嘆了口氣，拍拍他的肩膀，「盛東啊，不是我說你，現在的小女生可是很害羞的，萬一第一印象不好，以後的事也就不好辦了。何況你還披著我們學校的這身假皮，你這屬於詐欺啊……」

李盛東的眼神有點不耐煩，「那怎麼辦啊？我總不能一直等吧？」這臭小子是進攻型的，看見合胃口的獵物絕對會先下手為強，拖拖拉拉不是他的風格。

丁浩眼睛轉了轉，「再等一個星期，我好歹先跟她知會一聲，你可別嚇到了人家小女生！」

「不行！最晚星期四，你把那女生帶到大門口，我親自跟她說！」

李盛東從口袋裡翻出一包菸來，拿了一根叼在嘴裡。這是從他爸那裡拿來逞威風的，他還不會抽，平時只叼著囂張一下。

丁浩想都不想就拒絕了，「星期四學校有考試，反正星期五就放假了，你多等一天吧？」

丁浩看著那根菸上錯落的牙印，忍不住顫了一下。李盛東，你不會這麼不講求衛生，循環利用吧？這掏掏放放的，多髒啊。

李盛東想一想後答應了，小三角眼垂著，依舊盯著丁浩不放，「你不會騙我吧？」

丁浩拍著胸口保證，「哪會啊，你放心吧。等到下星期五，我還得叫她嫂子吧？」

李盛東聽到丁浩說的，開心了半天，也沒留意到丁浩臉上的表情，「那好吧，我下星期五再來！真的成功後，哥肯定會給你好處，晚點見啊，丁浩！」

丁浩笑咪咪地跟他揮手道別，看著李盛東邁著八字步走遠，立刻開溜。下個星期五？下個星期四他們學校就提前放寒假了！哼哼！你就等著吧，李盛東！

「浩浩！」

丁浩逃跑的腳步停下了，腦袋也低垂下來。他就知道，碰到李盛東肯定沒好事，好吧，被白斌抓到了吧？

白斌走過來，手裡還拿著厚外套，看著丁浩問：「時間剛好又不帶外套出來，你是準備去哪裡啊？」白斌老遠就看到丁浩跟一個人說話，穿著他們學校的制服也沒多想，把衣服遞過去，「給你，下次感冒直接打針啊！」

丁浩拿過衣服，低頭不說話，心裡直罵拖了他後腿的李盛東。李盛東你這個烏龜王八，你個孫子，你ＸＸ……這死小孩完全不覺得自己逃跑做錯了，一股腦地都怪在李盛東身上。

白斌拿過丁浩手裡的書包，看著他穿得慢吞吞，知道是為什麼引起的，補充了一句，「快穿好，今天出去吃好吃的。」

丁浩有了精神，抬起頭來問白斌，「去哪裡？吃什麼好吃的？」手上扣釦子的速度也加快許多，穿好後，看見白斌還在往那邊看，又催促他：「走走走，吃肉去！白斌，怎麼了？」

白斌回過頭來對他笑，「沒，看錯了吧，好像看見一個認識的。」

他剛才不經意地看了一眼，好像看見很眼熟的麻煩人物，那傢伙應該不會來這裡吧？

丁浩也看了兩眼，沒看見認識的，積極主動地反過來催促白斌，「走吧走吧，能吃口肉就好！」

後面跟過來的人噗哧一笑，「丁浩，你是從難民營回來的啊？幾年沒吃肉了，說得這麼可憐？」

白斌後面過來一個小女生，綁著馬尾辮，長得很漂亮，就是說話老是帶刺。

丁浩也笑了，「哎喲，白露，今天是妳請客？那我可不吃肉了，我要鮑魚、龍蝦、魚翅、海參，外帶三斤燕窩拌飯……」

白露對他做鬼臉，「我給你吃個大頭鬼！」

丁浩已經穿好了外套，跟白斌一起往車子那邊走，聽見白露這麼說也接了一句，「行啊，只要妳抓來我就吃！」

白露重溫了丁浩的無恥，撇撇嘴角，「丁浩，天底下還有你不吃的東西嗎？」

丁浩的表情嚴肅起來，「有。」

白露好奇，「你不吃什麼？」

丁浩的表情還是很嚴肅，「我不吃胡蘿蔔。」

白斌忍不住噗哧笑了，揉揉丁浩的腦袋，「今天不吃胡蘿蔔，今天吃可樂雞翅。」

三人背對著的地方也跳出一個人來，身材瘦高，大冷天裡依然穿著簡單的衣服，只在外面套了件連帽衫，身後的背包裡有個盒子鼓鼓的，露出一截，仔細看，原來是個小號。

那黑小子站穩了，又對上面小聲地喊了一句，「跳下來，我接住你！」

過了半天，上面才出現一個人，臉色蒼白，咬著牙後往下跳，有幾分慷慨就義的氣勢。黑小子上前一步，伸手就接住了，直接抱在懷裡好一會兒才鬆開，「沒事吧？」

懷裡的那個人腳有點軟，靠在他身上深吸了兩口氣才推開他，「沒事，」

仔細一看，發現這個人長得非常漂亮，半長的短髮，一雙丹鳳眼微微往上翹，大概是被剛才那一跳逼的，竟然還帶著一點淚光。那個人粗魯地擦擦眼睛，咒罵了一句，「這見鬼的恐高症！」

黑小子沒動作，等著那個人適應。他沒看見白斌，從來了之後，他的眼裡就只剩下一個人。黑小子有點後悔，他不太贊成那個人有強烈的恐高症還非要翻牆的舉動，雖然帶著淚光的眼睛很漂亮。

黑小子看著他，忽然被瞪了一眼，「走吧！我們去把這個小號賣掉！見鬼的學校，小氣摳門到家！演出得獎沒有獎金，連獎品都送自己用的樂器！去他的！」

黑小子默默地跟著，他覺得那個人生氣的樣子也很好看，一看就知道受過良好教育，從不罵髒話，卻也不掩飾自己的氣憤。黑小子的嘴角扯出一個笑，上前幾步，緊跟在他後面。

◇

丁浩晚上沒吃到可樂雞翅，因為飯店只會煮泡椒雞翅，帶著幾個綠色的尖椒，雞翅尖都是白的。丁浩吃過泡椒鳳爪，對這個也很感興趣，但是只啃了一口就辣紅了嘴巴。不過，其他的菜也足以餵飽他這顆遇到胡蘿蔔而受傷的小心靈，大半張桌的肉類料理，真是美味啊。

丁浩吃得很開心，旁邊的白露都有點看不下去了，用腳在底下偷偷踢了他一下，「丁浩，你吃慢點……」

「等等。」

這孩子還沒吃飽，覺得白露很不厚道，急什麼？等他肚皮鼓起來，自然就慢了啊，丁浩繼續埋頭啃排骨。白斌還幫他再夾了一塊，這個星期丁浩都很聽話地吃蔬菜，需要獎勵。

今天晚上的這桌飯是白老爺子準備的，老人覺得最近又到了考試的時候，要提前幫孩子們補補身體，再鼓勵一下。看到丁浩這個吃法，白老爺子覺得丁浩真的受到鼓勵了，笑呵呵地跟他說：

「浩浩，吃了這麼多，到時候要考個好成績啊，不然都對不起你手裡的排骨嘍！」

白露她媽也陪孩子過來。她有段時間沒看見丁浩了，沒想到這孩子拔高了這麼大一截，還越長越好看，看著丁浩也笑著說：「聽說浩浩的成績也很好，爸，你千萬別給孩子壓力，考不好就要怪你了！」

白露在旁邊小聲地叫她媽一聲，噘著嘴，不高興了。

「媽，您是不是在說我？我就怪過您一次，怎麼老是翻舊帳……」

旁邊的大人都笑了。

一頓飯，丁浩吃得很滿足，他覺得這一個星期的份都補回來了，洗澡的時候都覺得彎不下腰，簡單地沖洗了一下就躺上床去了。丁浩摸著肚子，得意了一把，他賺不到錢，吃到肚子裡也一樣。

白斌洗澡回來就看見丁浩躺在床上懶洋洋的模樣，還在哼歌呢。白斌過去，也摸了摸他的肚子，有點擔心地說，「吃點消食片吧？脹不脹？」

丁浩往裡面滾了滾，背對著白斌。

「我不要，我還希望這個肚子的油能度過下個星期呢，你又要給我吃胡蘿蔔……」丁浩還記著仇，聲音都帶了幾分不服氣。

白斌擦乾頭髮，擰開檯燈，拿出一本書來躺在床上翻看，「不可以挑食。」

這次的書很大，花花綠綠的封面很是醒目。丁浩湊過去也跟著看了兩眼，是本旅行用的圖冊，有相關景區的介紹和附帶的地圖。

丁浩有點驚訝，「白斌，你要出去玩啊？」

第五章　短暫旅途

白斌點了點頭，乾脆把他抱到懷裡一起看，天冷了，抱著取暖真是好主意。

「不是我，是我們，下個星期考完試就是你生日吧？」

丁浩的生日是一月二十七日，這個日子很特別，十次中有八次能和期末考撞上。丁浩聽到他說也想起來了，把那本旅行圖冊又翻了一頁，「出去幫我過生日？也不錯啊，嗯，我看看哪裡好……」

白斌把丁浩的爪子拿下來，又塞了一本書給他：「這個是我看的，你老老實實地看這本吧。」

丁浩拿著那本英語課本翻了翻，覺得眼皮直往下墜，把書放到白斌身上就縮回被子裡，「我睡覺去了，好不容易有一個星期天，我才不看這鳥語。」

白斌挑了挑眉，他覺得丁浩這種消極懶惰的情緒不能姑息，必須治好。於是也放下旅行圖冊，把丁浩抱起來，「我陪你一起看，這次要考好一點。」

丁浩哼了一聲，「我哪次考不好了？我英語都是一百分！」

白斌彈了他的額頭一下，「總分是一百五十分，你那算是剛好及格。」

還想再彈一下他的鼻子，卻被丁浩一口咬住手指，小孩含著他的手氣得嘟囔：「我考得還不夠好嗎？這比以前強多了！」丁浩含著手指，說話不俐落，眼裡的得意之色卻掩蓋不住，哼哼，他以前都是七科加起來一百分！現在比以前強多了！

白斌噴笑，動了動手指想抽出來，但丁浩的牙齒很利，他不肯鬆口，白斌只能在裡面慢慢轉動手指，「聽話，放開，我教你背單字……」

丁浩更氣了，背單字意味著什麼？那意味著被白斌的舌頭全方面輔導！他才不鬆口！

丁浩咬著不鬆口，但是沒有使勁咬下去。白斌的手指能在他嘴巴裡輕微轉動，動的時候就會碰到柔軟的小舌頭，點一下，就會縮回去，接著沒過多久又會伸過來。嘴巴裡的地方本來就那麼一點大，更何況是手指侵占了舌頭的位置。

丁浩用牙齒磨了磨那根放肆的手指頭，讓它老實點。

白斌垂著眼睛看著趴在自己身上的小孩，他正抱著自己的手指啃啃咬咬，偶爾還會瞪自己一眼。白斌覺得手指下的柔軟舔動讓他想做些更親昵的動作，於是，低頭在丁浩的耳朵上咬了一口，也伸出舌頭輕輕舔了舔。

丁浩被他嚇了一跳，也顧不得咬他了，胡亂擦擦嘴巴，又去擦耳朵，「白斌，沒有人這樣報復的啊！癢死了，不許咬我耳朵！」不知道是害羞還是生氣，丁浩的臉也紅了。

白斌笑著，雙手緊緊地摟著丁浩的腰，額頭跟他的抵在一起，一點一點地靠近，親了上去。在唇上蹭了一下，感受到那份軟綿，又側頭更深一步地探了舌頭進去，勾住那個淘氣的小舌頭，使勁舔了兩口，他從剛才就一直想這麼做了。

再分開的時候，懷裡的人臉上更紅了，還在瞪著他，「白斌！這不是在背單字吧？還沒看書呢，你又賴皮……」

白斌又親了他一口，「不是背單字。」

原本瞪著眼睛的人愣了一下。

「我想親親你，」白斌伸手在小孩臉上揉了一下，手感真好，「也想要你……」親我。

話還沒說完就被捂住了嘴巴，白斌眨眨眼睛，懷裡的人臉上燙燙的，一雙眼睛瞪著他，咬著嘴巴半天才說：

「我就知道……我就知道你剛才伸手指進來就不是在想什麼好事！我才不會用嘴巴幫你呢！」說完，一隻手就探進睡褲裡，小孩臉還是紅的，卻一直看著他，帶著隱隱的得意，「我警告你啊，最好把你腦子裡那些亂七八糟的資料刪一刪，我肯用手幫你就不錯了！」

白斌愣了一下，不過所有感覺立刻就被那隻手吸引，唔，其實他只是想要親吻。好吧，拿英語課本的目的也是想要親吻，不過現在得到特別服務也不錯。白斌在那隻捂著自己嘴巴的手掌心舔了一下，表示感謝。

丁浩只做了一半的工，就被打斷了。那個被自己弄得很舒服的人為了表示謝意，也伸出了手，「我說過的，以後也幫你。不過你還小，我會注意時間和分寸。」

丁浩又被他那句「分寸」氣得咬上他肩膀，這次狠狠地磨了牙，「你……唔啊，白斌！你別太快，我難受……」

白斌看著他的表情，心裡有種奇異的感覺，比每次讓小孩幫自己的時候更強烈。看著懷裡小孩瞇起的眼睛、紅著的臉、微微張開的嘴……忍不住再次貼上去含住了吮吸，他喜歡極了這種感覺。

「唔唔，白斌……別捏……我不喜歡這樣……哈……」

手裡的小東西也開始吐出濕潤，白斌握著它上下動著，仔細觀察小孩的表情，慢慢地摸索著他的喜好。比起輕輕的套弄，似乎更喜歡略帶力道的揉捏……

「唔啊……別、別那樣……白斌……」

果然，懷裡的人喊著不喜歡，眼角卻都沁出了水氣，幫自己的動作也慢了下來，似乎在忍耐什麼。湊過去親了親他，白斌安慰他：

「浩浩，別怕，是我，我想讓你舒服，別怕……」

細細地呢喃，手裡的動作也加快了許多，白斌能感覺到他緊張地繃緊了身體，但是，握住自己那裡的手也漸漸加快了。白斌聽見丁浩趴在自己耳邊喘著氣，用輕到不能再輕的聲音說：「白斌，我們一起……唔啊，別捏那裡……」

聽到耳邊的聲音變了調，白斌覺得自己真的要瘋了，一股從來沒有過的熱情席捲了他整個人。耳邊帶著說不清是舒服還是求饒的喘息，偶爾喊到自己的名字，就會有一股強烈的快感從胸膛穿過，直接匯入彼此交握住的炙熱，真的快瘋了……

白斌感覺到懷裡的人再次繃直了身體，小腹鼓動幾下，在他掌心噴發出來。那個人趴在他肩膀上深深吸了口氣，半天才在自己耳邊呼出來，「白斌……」

柔軟的舌頭舔上了耳朵，學他平時的動作咬著耳垂。

炙熱的呼吸噴在耳朵上，被丁浩雙手伺候半天的那裡也忍不住，爆發了一陣炙熱。從未有過的滿足感油然而生，忍不住追尋到丁浩的嘴，又是一陣輕吻舔咬。

丁浩已經能明白什麼是想要的親吻，什麼是表達謝意的親吻，被白斌這麼親了一陣子，知道他是舒服極了在表達感謝。

他是準備跟白斌一輩子的，也沒什麼不好意思，也湊上去在他唇角咬了幾口，表示謝謝白斌，他也很舒服，從來沒想過原來只用手也很舒服。

兩人胡鬧了半天，又去沖澡，一起抱著入睡了。白斌親了親他的眼角，覺得心裡被什麼填滿了，又低頭親了親。懷裡的人哼了一聲，像是睏極了，也不睜開眼睛，只用手在他背上胡亂摸了幾下，像是安撫大型動物一般，小聲地嘟囔著：「好啦，好啦，我知道你高興，快睡吧，明天還有一堆事要做……我單字還沒背啊……」

也許吧，就像丁浩說的，他知道他很高興呢。

白斌忍不住又笑了，他覺得跟丁浩在一起真的太幸福了。

白斌晚上睡不著，抱著小孩，乾脆想了一遍要去的地方。那本旅行圖冊已經是他第二次翻來看了，第一次的時候單純是想找點事做，看看沒看過的書，不過這次意義不同，是要選地方幫丁浩過生日呢，要去哪裡比較好？

白斌想了大半夜，差不多把那本圖冊上的地方都想了一遍。他們有一整個寒假的時間，所以距離並不是問題，只是丁浩似乎偏愛熱一些的地方，去三亞？嗯，似乎也是個不錯的主意……

白斌想著想著，不知不覺地睡著了，懷裡的人一直縮在他胸前，暖暖的，有的時候還會貼上他的頸間輕輕蹭一蹭。

◇

丁浩在考試前做了英語特訓，嘴巴每天都像吃過泡椒鳳爪一樣通紅。不過，英語成績倒也提升了一些，強迫學習還是有效果的。

丁浩考完試鬆了口氣，立刻把那些強行抓住的字母君們一個個鬆開放走，腦袋裡一片清明，痛快不少。

丁遠邊的公司配了一輛小轎車給他，今天特別開來接丁浩。丁媽媽那邊也放寒假了，在家裡準備了一桌飯菜等著寶貝兒子回家。

丁浩在校門口跟白斌道別，兩人約好明天再見，一起商量去哪裡玩。白斌的意思是讓丁浩做主，畢竟是丁浩過生日，壽星最大。

丁浩想了一路，覺得去哪裡都差不多，不過最近要買房子，白斌的存摺還是少花點好。說到買房子，丁浩想起了丁奶奶，探頭去問前面開車的丁遠邊：

「爸，我奶奶家買房子的事怎麼樣了啊？」

丁遠邊開得很專心，畢竟是公家的車，生怕蹭到刮到，頭也沒回地說：「房子已經定下來了，還是在鎮上，離老房子不遠，等過一段時間就搬過去。」

丁浩喔了一聲，又問價格，「貴不貴啊？」

丁遠邊說了一個數字，比丁浩想的便宜許多，忍不住又問：「那間房子是不是新的啊？怎麼出價這麼低？」丁浩有點擔心品質問題，畢竟是給丁奶奶住的，安全第一。

丁遠邊笑了，「沒建幾年的新房子，院子沒有我們家的那個大，其他的還算不錯。因為那戶人家正好在城裡買了公寓，需要錢，就便宜賣了。」丁遠邊覺得這小兔崽子很關心這件事，平時老人沒白疼他。

丁浩的眼睛轉了轉，又湊過去問丁遠邊：「爸，我奶奶那間老房子準備賣多少錢？有人來詢問要買嗎？」

丁遠邊想了想，報了一個比剛才還低的價位，嘆了口氣，「我們那間房子有點舊了，鎮上買房子的本來就不多，太高就賣不出去。怎麼突然問起這個了？」

丁浩隨便找了個理由搪塞過去，「喔，前兩天聽白斌說，他家有個親戚想從鎮上買房子，跟我提過一次，正好您來接我，我就幫忙問一下。」

丁奶奶的房子在鎮上算很大了，比他之前看好的那幾間好一些。反正過幾年要拆遷了，到時候照平房補房，還是這個划算一些。再者，丁浩也捨不得把那間房子賣給別人，好歹那是他長大的地方。

丁遠邊當真了，「那好啊，白斌家要的話，可以再便宜點，反正都是認識的，以後說不定還有事要多麻煩人家。」

丁浩的眼睛亮了，「爸，您能便宜多少啊？打個五折六折吧？」

丁遠邊往丁浩腦袋上就是一下，笑著罵他：「臭小子！怎麼手肘盡往外彎？這樣還不夠低啊？」

丁浩抱著丁遠邊的脖子，笑嘻嘻地說：「爸，奶奶這次買了房子後，你把那兩千塊還了吧？」他還很大方地又補充了一句，「您手頭寬裕嗎，可以先不交利息！」

「早就給你奶奶了。老太太說了，那是你娶媳婦的錢，這次也不准動！」丁遠邊被他勒得難受，「小兔崽子到旁邊去，整天都想從我手裡拿錢，白養你這麼多年了！」

丁浩還在耍賴，「我不管，奶奶買房，我家多少也湊一點吧？爸，您就沒有私房錢？先拿出來偷偷給奶奶用嘛，當年奶奶可是偷偷給了您兩千塊，要不然我媽的工作也沒著落啊，您不會這麼沒孝心吧？」

丁遠邊沉默了一會兒，嘆了口氣，「我跟你媽也商量過了，在城裡買房子，我們湊不到那麼多錢，但在鎮上買房的錢還是能拿出來的。可是你大伯他們都不給，只有我們給不太好吧……你別管這些了，考試怎麼樣啊？」

丁浩也嘆了口氣，國家政策還是對的，只生一個好。看看，孩子多了，養老也是難題。

丁遠邊聽見丁浩在後面嘆氣，哪知道丁浩想到國家政策了，還以為臭小子真的沒考好，還在開車就教訓起來：「丁浩，進不了前十名就打你屁股！聽見沒？人家白斌科科都優秀，每次都是第一，你倒是好好跟他學學……」

丁浩在後面聽他嘮叨，撇了撇嘴角。

他以前要是考個倒數第十，丁遠邊都能高興得放鞭炮，說終於不是全班倒數第一了！現在還要求直線上升，丁浩忍不住又嘆了一口氣，好孩子難當啊。

寒假第二天，丁浩還是無法確定旅行的目的地。白斌剛來沒多久，丁遠邊就接到了丁奶奶的電話，讓他去鎮上一趟，有事要商量。

丁遠邊全家過去，白斌自然也跟了過去。到了丁奶奶那裡才知道，原來是賣房子的那戶人家來了，看起來是對很和氣的中年夫婦，兩個人很不好意思地說明了來意。他們在城裡買房子是託人找關係，便宜了一些，但是要一筆頭期款。他們就想來問問丁奶奶，他們可以提前把鎮上房子的鑰匙給丁奶奶，看看丁家能不能也提前給錢。

丁奶奶也看過那間房子，覺得可以定下來。不過老人對於交錢的事總是有點不放心，所以才打電話把家人喊過來一起商量，如果行，就儘快把錢給人家。

丁遠邊來的時候，丁蓉一家已經到了，張蒙也在旁邊湊熱鬧，看見白斌來了倒是坐得很端正，像是個小淑女，只是時不時地往那邊看一眼。

丁浩不好直接在客廳裡聽大人說話，就帶白斌去了隔壁。那邊是個小書房，原本的客廳太大，就做了一道夾層分開，夾層很薄，那邊說話都聽得很清楚。

丁浩進去就把門關上，湊過去開始偷聽。他盤算著丁奶奶手頭的那點錢，可能剛好夠買下房子，但是拿出這些後，手裡就沒有餘錢了。如果丁遠邊兄弟不湊錢給老人的話，他就假借白斌親戚的名義，把丁奶奶的這間房子也買下來。

老人年紀大了，手裡沒一點錢不踏實，丁浩也捨不得看丁奶因為錢難為。

白斌聽丁浩提過丁奶奶買房子的事，也安靜地坐在一旁聽。

過來的中年夫婦姓郭，聽他們說話的態度倒是帶了點歉意，似乎也不太好意思這樣來跟丁奶奶要錢。畢竟都是在鎮上住過一段時間的，也算是街坊鄰里。

「……老郭他正好調去城裡，要不然也不會這麼急匆匆地搬家，唉，倒是給您老人家添麻煩了。」

丁奶奶也跟著客氣了一下，「也不麻煩，我讓孩子們幫忙想想看，覺得合適的話，早晚都是要買的。」

丁浩他姑姑、姑丈一直沒有說話，估計還在為之前丁奶奶不在城裡買房的事鬧彆扭。丁遠邊搭了幾句話，「這件事很突然，我們還真的沒準備，您什麼時候要啊？急的話，我們再想想辦法。」

那對夫婦想了想，「您看下週三之前行嗎？那邊也催得很急……」

丁浩正豎起耳朵聽著，門口就有人過來敲門，咚咚咚的，吵得聽不清楚，讓人心煩。丁浩很鬱悶，這個時候會來的只有一個人，果然，門口那個人見到敲門沒反應，又輕輕喊了一聲：「白斌？白斌你在裡面嗎？」聲音還很甜，不認識的會以為是清純可愛的小女生。

丁浩走過去，隔著門跟她對話，「不在！」

張蒙在外面不走，又問：「丁浩？你知不知道白斌去哪裡了？」

丁浩哼了一聲，「他去廁所了！」妳要是真的能去廁所找到他，老子就服了妳！

白斌在那邊失笑，用手指了指自己也不出聲，像是跟丁浩詢問：你就是這樣說我的？

丁浩對他使了個眼色，看起來還很得意，對付張蒙那樣的牛皮糖他才不客氣，能推多遠就推多遠。

白斌還是看著丁浩笑。意思是說你利用了我，多少也要給報酬的。

丁浩聽到門口沒人敲門，心情也好了，很大方地過去低頭在白斌臉上親了一口，還沒離開，就被白斌捧住了腦袋。白斌伸出一隻手指了指自己的嘴唇，眼睛裡滿是笑意。

丁浩伸出舌頭在他嘴巴上舔了一下，慢慢地鑽進去，細細地舔過他的牙齒，分開後，再去舔舐那同樣柔軟的舌尖。白斌伸出舌頭纏住他的，一起動著，手也滑到丁浩的腰上，瞇起眼睛看他。

丁浩接吻時喜歡閉著眼睛，他則喜歡偷偷睜開一點觀察他，他發現每次親完，小孩的眼睛都是亮亮的。

咚咚咚——門口那個人又開始敲門了。

「丁浩，你開門一下吧？我有點事要問你……」張蒙也真鍥而不捨。

丁浩理都不理她，他這裡正在忙呢！白斌乾脆抱住他，摟在懷裡繼續享受這個親吻。他很喜歡這樣溫馨的親暱，嘴唇擦過丁浩的，覺得又軟又暖，忍不住又貼著蹭了幾下。在門口敲門的人？既然丁浩都不在乎，他更不會在乎了。

兩個人分開的時候，客廳已經沒有聲音了，似乎出去送客人了。丁浩開門走出去，客廳裡果然沒有人了，丁浩有點懊惱，「我都沒聽到他們說什麼！」

白斌倒是聽到了，和丁浩傳達：「丁奶奶決定星期三之前把錢送過去給郭夫婦，你爸爸試著提議三家一起拿錢，不過你姑姑一家拒絕了。你大伯打電話來，有事要忙，今天就不過來了，聽他的意思，也是贊同你爸爸一起拿錢的。」

丁浩的眼神有點古怪，「白斌，你不專心啊……」

白斌咳了一聲，「不小心，嗯，習慣性地就留意了……」

兩人正說著，張蒙就進來了，看見白斌時眼睛亮了一下，語氣還很溫柔，「白斌，你剛剛去哪裡啦？我都沒找到你。」

白斌對外人一律面無表情，如今看到敲門打擾他好事的人更是一本正經，「我去上廁所了。」

張蒙噎了一下，一時不知道該怎麼說下去。

丁浩在旁邊忍笑忍得很辛苦。

丁奶奶也回來了，看見丁浩就過來握住他的手，老人跟孫子很是親昵，「浩浩，剛才躲哪裡去啦？你爸他們要回去了，正在找你呢，快去吧！」

丁浩不怕丁遠邊不等他，也不想去門口看姑姑一家的臉色，又跟丁奶奶在客廳膩了一會兒，問過丁奶奶的身體情況，說好了晚上再打電話過來。白斌也對老人很尊重，有禮貌地問候後，邀請老人有空去城裡玩。

丁奶奶對白斌很是喜歡，覺得這孩子越發穩重，囑咐他們兩個跟著丁遠邊要提醒他小心開車，又拿了兩包果乾讓他們帶上才送他們走。

◇

老人最後還是拿自己的積蓄買了那套房子，是丁遠邊陪她去交的錢。他心裡難受，硬是要讓老人留一些錢，但丁奶奶沒收下。

「你大哥昨天拿錢過來，我不是也沒拿嗎？你們自己也不容易，照顧好自己那個家庭就行了。我這個老太婆在鎮上也花不了多少，何況你們還每個月給錢呢！夠用啦！」

丁奶奶前腳買了房，丁浩後腳就跟過去，讓白斌把丁奶奶的房子買下來了，這件事是讓小李司機去辦的，借用了親戚的名義。丁奶奶一聽是白斌要買，還很客氣地算便宜了不少，丁浩也沒推讓，就收下了。他還很擔心丁奶奶的病情，手裡沒有錢也不太踏實。

丁奶奶為人實在，小李司機拿錢來的當天就給了鑰匙，還把房子也打掃了一遍，弄得乾乾淨淨。她想把院子裡的那些花移一部分去新家種，打發丁浩去買花盆了。白斌那天也在，怕老人累到就陪她一起收拾，跟丁奶奶閒聊了幾句，言語裡總能聽出老人帶著幾分不捨。

白斌想了想，跟老人說：

「您看，這樣行不行？我們家那個親戚只是想在郊區買個房子放著，其實一年也住不了幾天，要不然，您先幫忙照顧一下？」

丁奶奶很高興，她也捨不得這間老房子，每次來都要進來看看，聽見白斌這麼說就點頭答應了，「行啊，兩家離得很近，我平時散個步就到了。」

白斌斟酌了一下用詞，跟丁奶奶建議，「那麼平時看管的費用，我們也要給您一點。」

丁奶奶在白斌的頭上敲了一下，就像平時敲丁浩腦袋一樣，假裝生氣地說，「你這個孩子，跟奶奶說什麼呢？」

白斌這是第一次被人敲腦袋，一時間愣了，半天才反應過來，低頭繼續打掃。

「那個……其實奶奶，您也可以在這裡住，兩邊都可以住，要不然，再搬回一點傢俱回來吧？」或者，新買一些也可以，白斌在心裡默默補充。

他偷偷看了一眼丁奶奶慈祥的笑臉，嘴角也忍不住上揚。跟白老爺子對他的教育不同，被長輩敲腦袋的感覺似乎也不錯。

這邊，丁奶奶在和白斌聊天，另一邊的丁浩就受罪了。

他去幫丁奶奶買花盆，站在人家店門口掰著指頭，數了一遍自家院子裡那些花的品種，越數越心驚。這下要買十幾個吧？丁浩抓抓腦袋，他來的時候沒多想，只騎了一輛自行車，但十幾個花盆要怎麼帶回去啊？

丁奶奶那邊的院子小，還不能全部移到院子裡，丁浩在那邊搭了一個木頭的花架，準備在外面多放一點。這就意味著不能買塑膠的輕便花盆，風吹雨淋的，壞了還麻煩。好，都買陶土的吧，丁奶奶最喜歡這種又大又結實的了。

丁浩在鎮上長大，跟店主也算認識，喊了一聲叔叔，借人家的三輪車裝了一車的花盆，跟店主商量一下，「我先把自行車放在這裡吧？回去放下這些花盆，把三輪車送回來給您的時候再來騎走！」

店主也很和氣，這看起來又是一樁大買賣，把丁浩的車子放到店裡看管，笑著說，「沒問題！丁浩，你要是來不及過來換車，我們之後去你奶奶那裡拿也行啊！」

丁浩也高興了，「哪能讓您再跑一趟啊，過一會兒就送回來給您！」

丁浩話說得滿滿的，不一會兒就發生問題了。前面說過，丁浩是騎自行車過來的，可是會騎自行車的人，往往不怎麼會騎三輪車。丁浩推著車離開商鋪小街，一騎上去就開始原地轉圈，差點撞到牆上！

幸好三輪車有車閘，他連忙拉起車閘停下來，嚇出了滿頭的汗。他車上可是載了十多個易碎物品啊！丁浩停在那裡煩惱，要怎麼回去啊？不會要一點一點地推回去吧，這裡可離丁奶奶家不近……

他正在想辦法時，老遠就看見一個熟人。丁浩的眼睛亮了，揮手就喊他，「張陽！嘿！

張陽！！這邊！」

另一邊提著大袋子的人聽見了，回頭過來，看見丁浩也笑了。

「丁浩，又回來看你奶奶啊？」

還真的是張陽，頭髮有點長了，略微遮著眼鏡邊緣，看起來倒是更好看了。

丁浩推著三輪車過去，帶著一點希望看著他問，「你會騎自行車嗎？」

張陽想了想後，搖了搖頭，「我沒騎過。」

丁浩放心了，不會騎自行車的肯定會騎三輪車，這是經過實踐總結的偉大定律。

「來，上去試試，幫我把這一車花盆帶回家吧？」

張陽還在猶豫，「我也沒騎過三輪車……」

但丁浩不客氣地幫他把手上的那一大包東西放到三輪車上，「沒關係，你上去就會了，相信我。」

張陽半路遭遇到打劫，連包包都被土匪放到車上了，也只能硬著頭皮去騎三輪車。三輪車的結構比較穩定，初學者容易上手，張陽踩了幾下就自學成才，騎得比較像樣。丁浩看了一會兒確定沒問題，自己也坐上去了。這是店主進貨的車，比一般的大，也結實一些，再坐一個人也沒問題。

丁浩看見張陽拿著的大包包裡都是墨綠色的窗簾，有點好奇。

「怎麼這麼多窗簾？這麼大，家裡的窗戶掛不下吧？」

張陽也不介意跟他說，「學校放寒假了，我媽說學校那邊要員工去領窗簾回來洗，一個二十塊呢。」

丁浩喔了一聲，「還不錯啊，你都賺到外快了。」很感興趣地又問一句，「噯，張陽，你媽媽在學校一個月領多少錢啊？福利怎麼樣？」

張陽說了個數字，這在當時算比較低的，丁浩嘆了口氣。張陽反倒笑了，「怎麼，替我覺得為難？學校比較清閒，而且福利也還可以，過年過節分的東西基本上都夠用，就是得提前留房租出來。」對丁浩，張陽總是能感受到一陣好意，換成別人，他也許不會談論這些話題。

丁浩的眼睛轉了轉，又湊過去問他，「你們現在租的那間房子貴不貴？有沒有打算換一家看看？」

張陽挑了挑眉毛，「還行吧，怎麼，你知道哪有便宜的房子在找人租嗎？」

丁浩開心了，他不僅知道，他還是房東呢！丁浩瞭解丁奶奶，老人肯定捨不得老房子放在那裡落灰長霉，熱心腸一起來，肯定會三不五時就去幫忙打掃，萬一累到就不好了。他跟白斌買那間房子的目的是為了以後換點啟動資金，這幾年肯定不會去住，閒著也是閒著，不如租給張陽。一來有人看管，二來還能就近照顧丁奶奶。

丁浩越想越覺得這件事可行，立刻跟張陽說了。不過還是以白斌家親戚的名義，因為空著不住，開的價格也特別低。

張陽嚇了一跳，他只是隨口問問的，竟然還真的問到了一間房子，「租金這麼低啊？比我們現在住的低了超過一半，丁浩，你這樣人家會答應嗎？」

丁浩揮揮手，「沒問題！張陽，你回去跟你媽說說，收拾一下，放心地搬去那裡住吧。租金不著急，一年交一次就好。就是有一點，我奶奶年紀大了，能不能麻煩阿姨平時多照顧一下？家裡原本的電話線還在，我之後讓白斌的親戚裝個電話，有事你就告訴我。」如果可以，丁浩都想貼一點錢給張陽，讓他家幫忙照顧丁奶奶了。

張陽自然答應了下來，別說搬過去後住得離丁奶奶很近，就算是平時，他也會多去幫忙照顧老人。聽到丁浩一股勁地為老人著想，感嘆了一句，「你跟你奶奶感情真好。」

丁浩也笑了，「那當然！那可是我親奶奶！」

張陽噗哧一聲也笑了，「多新鮮啊！誰家的不是親奶奶啊？哈哈！」

「哎喲，我奶奶的身體不好，要不是我實在不是那塊學醫的料，我就去當醫生了！」丁浩對自己還是很有自知之明的，他轉眼看向前面騎車的人，又開始慫恿張陽，「你的成績這麼好，不如學醫吧？當醫生收入多，又有面子，多好啊！」

張陽沒回頭，聽起來很感興趣，「哦？醫生這個職業倒是不錯。」

「那當然！醫生可是一份有前途的職業，」還沒說正經事，丁浩就暴露了本質，「咳，張陽啊，不過你如果真的當上了醫生，可得先幫我奶奶治病，最好能免費當幾年家庭醫生，嘿嘿！老話說知恩圖報，不但要報，而且要湧泉相報啊，知道嗎？」

張陽脾氣很好，還是笑著說，「好。」

張陽幫丁浩把花盆送回去後，想到丁浩一會兒肯定還要再用三輪車把裝好的花運過去，也就沒離開，跟著進去幫忙。

丁浩也不跟他客氣，以後這間老房子就租給張陽了，帶他來熟悉一下也很好，順便還能幫忙，不用白不用。

張陽一進去就看見了白斌，那個人無論在哪裡，總能在第一眼就吸引他人的目光。張陽對這種強烈的存在感覺得很有壓力，咳了一聲問丁浩：「我先出去幫忙把花盆弄下來吧？每種花都裝一點？」看見丁浩點頭，跟丁奶奶客氣了一下就出去了。

丁奶奶對張陽也很熱情，看見張陽的額頭都沁出一層細汗，知道那車陶土的花盆很沉，跟出去送了一條乾淨毛巾給他，「張陽啊，不用急，先擦擦汗！」

白斌拿來紙巾，也幫丁浩擦了擦臉，完了又幫他擦手，臉上沒什麼表情。他不喜歡那個張陽，更不喜歡張陽跟丁浩一起出現。

丁浩聽話地讓他擦，帶著有點誇張的語調跟白斌訴苦，「白斌，我只有你了，我奶奶去對張陽好了，我失寵了！」

白斌繃著的臉也緩和下來，雖然沒笑，眼裡倒是溫和了不少。

「我們也出去幫忙吧，總是麻煩外人不好。」

三個小夥子幫忙幹活，進度果然很快，沒一會兒就裝好了各品種的花。丁奶奶只帶走一小部分，想讓以後來住的人也能看見這漂亮的小院子，裝好了就只要用三輪車運過去了，一次載個幾盆，來回幾趟就完事了。

白大少有生以來第一次輸了，他不會騎三輪車。

丁浩看著黑著一張臉的白斌，忽然覺得很有趣，笑呵呵地拍著他的肩膀說：「白斌，那什麼，人無完人啊……噗哈哈哈！！」這死小孩忍不住笑了，想起白斌剛才鬱悶的轉圈他就覺得高興。

白斌的臉更黑了。

幫了丁奶奶的忙一天，又跟張陽定下租房協議後，丁浩才跟白斌回去。

一路上，白斌都沒說話，板著一張臉不知道在想什麼，只是握著丁浩的手緊緊的，一直沒放開。丁浩多瞭解白斌啊，立刻開始轉移話題，反手握住白斌的手後捏了捏，「嗳，我生日都過了，你說的旅行還算數吧？回去可不能賴皮，得補上啊！」

白斌的神色果然緩和下來，看著丁浩笑了笑，「好。」

鎮上的平房買賣一般不需要房產證，丁浩借用了別人的名義，算是外來戶，所以有特別囑咐白斌，請他託白老爺子的關係去房產局申請了一張。為的是幾年後的拆遷問題，有了這個，到時候就好辦了。

◇

丁浩看著白斌拿回來的房產證眉開眼笑，當時還是老式證明，只有一張證明，上面有房屋面積和土地使用面積。丁浩在那張薄薄的紙上彈了一下，將來把分來的房子賣掉，也算是有了初步的啟動資金，唯一可惜的是目前幾年內，這只能算不動產。

白斌看到丁浩像對待寶貝一樣把房產證收起，抱著盒子滿屋子轉，想找地方藏起來，一下就笑了，「浩浩，放在書房，鎖進櫃子裡就行了，我覺得那裡比床底下安全。」

丁浩有點尷尬，從床底下鑽出來，咳了一聲：

「白斌啊，這是貴重物件，那個，我們放的時候要多方面考慮……」

雖然本錢是白斌出的，不過白斌的就是他的嘛。這死小孩想了想，還是聽白斌的建議，最後鎖到書房的櫃子裡。

因為買房子，耽誤到了兩人出去過生日的事，白斌今天特別把丁浩接過來，一起商量要去哪裡旅行。在臥室等了好一會兒也沒看到丁浩回來，只好拿著旅遊圖冊過去找他，「我圈了幾個地方，你看看有喜歡的嗎？」

走進書房就看見丁浩還在對著小櫃子左看右看，半天才回頭回話：

「什麼？喔喔，對，選地方……我看看啊。」

他接過圖冊，翻開白斌做註解的幾個地方來看，大部分都是南方景區，其中三亞那邊做了詳細的計畫。白斌在旁邊陪他一起看，偶爾跟他指出哪裡比較有特色，想必事前都下了不少功夫。

白斌這幾年存了不少錢，光是他媽給的壓歲錢就是一筆很大的數字，買下丁奶奶的房子後還有點富裕，選的地方也不近，旅行的初步計畫是安排十天左右，丁浩以前也去過圖冊上的一些地方，翻了一會兒也沒選定。

「爬山怎麼樣？」

丁浩從沒跟白斌一起出去過，不過他知道白斌比較喜歡有山的，挑出其中一個畫了圈的問他哪裡，是一個新風景區，搭火車能在五個小時內直達。

「都可以，只是這個地方沒什麼名氣，」白斌猶豫了一下，「附近的住宿條件比較差，選它是因為距離比較近，如果丁奶奶有什麼事情，我們能趕回來。」

丁浩笑了，「我也覺得它離家近，我們在附近玩的時間能多一點，不然全都浪費在車程上了。」

◇

外出旅行十天，兩人簡裝出行，一路上看了不少風景。要不是白斌帶了手機，一天打一通電話跟丁媽媽聯繫，丁媽媽幾乎都要去找兩人了。她覺得兒子真的太不貼心了，在電話裡跟白斌抱怨：『小斌啊，你看，浩浩平時不在家，放假也不在家跟我玩，你們大冬天的跑去外面，多冷啊……』

白斌聽到丁媽媽的語氣，倒是擔心居多，也安慰她，「阿姨，我們再過兩天就回去了，丁浩還特別買了禮物給您和叔叔。」

丁媽媽總覺得兩人還是孩子，『不用帶東西回來了，只要你們兩個別在外面吃苦就好，天氣預報說會下雪，你們自己路上注意安全……』丁媽媽在電話裡囑咐了一大堆，白斌好脾氣地聽著。旁邊的丁浩已經睡著了，正躺在一旁打呼嚕，他們白天去爬山，玩得很盡興。

『在外面不要跟陌生人接觸，有事趕緊打電話，對了，錢夠不夠？』丁媽媽還在說，大概是在幼稚園帶小朋友習慣了，總會多擔心一些。

白斌沒有絲毫不耐煩，這幾天來已經跟丁媽媽打電話習慣了，得到這種細微的關心還是很高興。他幫旁邊的小孩把被子裹好，跟電話裡的丁媽媽保證，「您放心，我一定會好好照顧他。」

白露在家等她哥等得心急如焚，她就知道丁浩早晚會把她哥拐走。小女生很憂鬱，她覺得再過半年就很難再看見她哥了，上了高中，事情肯定會更多。想來想去，白露決定在她哥回來那天親自去迎接。

白露她爸找來一輛軍用吉普車，而小女生一早就起床穿戴好了，拚命地催著快點。到了火車站門口，翹首盼望，搭這班車的人不是很多，白露很輕易就看見了兩個男孩的身影。一個十五六歲，身高高，揹著大行囊跟旁邊的人說話，從壓低的帽檐能看出是微笑著的；另外一個也斜揹著包包，手裡拎的也不少，還在打呵欠，長得倒是不錯。

白露連忙揮手，「哥！哥！這裡！」

白斌聽見了，抬起頭來跟她打了招呼：「白露，不是打電話說不用特別來接我們嗎？」估計是心情很好，臉上還是帶著笑，「我們自己回去就好，太麻煩姑丈了。」

白露她爸也是和氣的人，連忙擺擺手，「不麻煩，不麻煩，我不來接你才有麻煩呢！小祖宗在家鬧得很，哈哈！」

白露當著白斌的面，有點不好意思了，拉著她爸的衣角往後扯，「爸！說好了，出門不說我壞話啊……」

丁浩現在清醒過來了，他在車上趴著睡了半天，看見白露就笑了，「沒說壞話啊，這不是實話嗎？」

白露氣得咬牙切齒，「實話也不能在『外』人面前說……」

丁浩把手放在額頭上來回張望，「外人在哪裡呢？奇怪，我怎麼沒看見？」

白露氣呼呼地走在前面帶路，白露她爸跟在後面，幫白斌拿了一個手提包，倒是對丁浩刮目相看，偷偷豎起大拇指，「浩浩，從小就只有你能治露露！」

白斌看了丁浩一眼，也笑了，「是啊，浩浩跟白露是一起長大的，也算是我們家的成員了。」

拎著大包小包上車，後面放了幾個包包，只能坐兩個人，白露就坐到副駕駛座了。小吉普車很顛簸，白露聽著他們三人說話，丁浩總能蹦出一句讓人噴笑的旅行經歷，她哥還在旁邊附和，甚至也笑出了聲。小女生很傷心，她也想跟她哥一起旅行。

白露看到丁浩笑嘻嘻的模樣，心情很不好，坐在前面開始起鬨，「丁浩，唱首歌吧！」

丁浩也很愛鬧，張口就來一串「我挑著擔~你牽著馬啊~」的歌詞，把自己和白露都唱到了。

白露立刻扔來一罐礦泉水！你才是猴子！你們社區都是猴子！！

這個人特別缺德，小女生一臉氣憤，過來時的那點憂鬱徹底消失了。

寒假過得很快，等到旅行時的照片洗好拿到手的時候，也差不多到了開學的時候。丁浩送了一份照片給丁奶奶，老人特別放到客廳的相框裡。一張是丁浩的單人照，露著小白牙，笑得很燦爛，另一張是丁浩跟白斌的合照，在一棵老樹前兩個人手牽手，也是笑著。

第六章　誰的媳婦？

開學第一天，丁浩就被李盛東堵在校門口，看到李盛東一臉陰沉，白斌皺起了眉，「有事嗎？」

李盛東的嘴角扯起一個冷笑，走過去一眨不眨地看著丁浩，那眼神跟看著青蛙的毒蛇差不多，「你說呢，丁浩？」

李盛東的身高跟白斌差不多，兩個人把丁浩夾在中間，這孩子有了壓力，一手把一個推開，咳了一聲後問李盛東：「噯，寒假放假那天，你怎麼沒來啊……」

李盛東更火了，差點上去抓住丁浩的衣領，「你還好意思說？星期四放假，你讓我星期五過來！要不是我一個寒假都沒能回家，你大爺的丁浩，我早就……」

白斌在旁邊擋住他的手，臉色也不太好看。

「李盛東，有話好好說，不要動手動腳的。」哪怕是丁浩從小一起長大的朋友，做這些動作也有點過分了，白斌對李盛東有些不滿。

李盛東呸了一聲，他也看白斌不順眼。丁浩以前跟他最要好，但是自從這個白斌一來，丁浩就改跟了別人。李盛東這口氣也憋了許多年，站在丁浩旁邊一步都不挪，「我跟丁浩的事不用你管！滾一邊去！」

白斌的一雙眼睛也不再溫和，微微瞇起，看起來有幾分居高臨下地審視李盛東的意味。

「只要跟丁浩有關的事，就是我的事，我不記得丁浩跟你好到有這麼多話可說。」

李盛東抬頭盯著白斌，白斌也看著他，兩人寸步不讓。

丁浩在中間打哈哈，「那什麼，李盛……東哥啊，我那天不小心通知錯了時間，跟你道歉不行嗎？不過你放心，我肯定會幫你這個忙。」看到李盛東的臉色稍微緩和了一點，丁浩又補充了幾句，「現在剛開學，事情比較多，也很忙，要不然這個星期五你再來？」

李盛東不高興了，「你還敢提星期五啊？不行，我星期三過來，到時候你出來見我！」

白斌也不高興了，李盛東憑什麼對丁浩頤指氣使的？他都捨不得這樣使喚他！白斌覺得完全沒必要幫這個壞小子，剛想開口拒絕就被丁浩偷偷拉住衣袖。

丁浩在他手上捏了捏後，白斌忍了下來。

李盛東他媽是個熱心腸的人，跟丁奶奶一樣都是鎮上的老居民了，平時常常關照老人。就憑這一點，丁浩就不會跟李盛東真的翻臉，他念在李媽媽的好，也知道假如跟別人槓上，李盛東還是會幫他。

兩人從小鬧習慣了，丁浩逗他一兩次就甘願了，他看出李盛東是真的很在意那個女生，說什麼也要幫一把。丁浩想了想，「星期三也行，不過最好下午來，中午時間太短，老師也多，不好出來。」

李盛東哼了一聲，算是勉強答應了，又從口袋裡掏出一個包裝精美的小盒子給丁浩，說話語氣還是很生硬，「抽空幫我把這個交給那個人，星期三下午我再過來。」

丁浩接過來，是盒海南特產，椰奶糖，裝在用椰子殼雕刻的盒子裡。丁浩沒想到李盛東這麼粗神經的人還會準備這一招，有點驚奇，「你寒假去海南玩了？還帶了禮物給她？」

「廢話，不然早就去你們家踹門了！」李盛東有點不自在，送禮物這種事他也是第一次做，比跟人打架還彆扭，「先說好了，你要是再敢耍我就給我小心一點，丁浩！」

「學校的治安沒有差到要讓學生擔心的地步，就算要小心，也輪不到丁浩。」白斌反握住丁浩的手。

白家人護短，白斌把重點放在後半句，自動忽略前半句自家小孩「再耍李盛東」的可能性。他不喜歡有人這樣對丁浩說話，雖然這樣的威脅並沒有什麼說服力。

丁浩也聽出兩人之間的火藥味了，他擔心的倒不是打起來的問題，李盛東皮糙肉厚，打架是老手，白斌更不用擔心。丁浩看到學校警衛頻頻望向這邊，開始擔心他們要是在校門口打起來，該如何收場。

「李盛東，還有事嗎？沒事你可以走了，我也能早點進去幫你找人，是吧？」

子弟學校的安全措施還是做得很不錯，三個人說話的時候，已經有幾個警衛往這邊走來了。身邊進入校園的學生也逐漸減少，快要上課了，三人站在這裡更是顯眼。

李盛東不是傻子，不會吃這麼明顯的虧，又跟丁浩強調一遍就走了，「不許再騙我，聽見沒！丁小浩？」

丁浩也怕事情鬧大，連連點頭，「聽見了！絕對不會了！我要是再騙你，你回去跟我奶奶說，可以吧？」

李盛東這才放下心，本來想在臨走時捏一把丁浩的臉耍狠，手剛伸出去，還沒碰到丁浩的臉就被白斌攔下來了。兩人較勁了一下，李盛東才發現白斌的力氣也不小，哼了一聲就甩掉了，「有本事護一輩子！靠！」

白斌這次倒是沒有反駁，看著李盛東走得流里流氣的樣子，還是板著一張臉，這個人對丁浩理所當然的樣子也讓他不爽。

椰奶糖的味道很濃郁，回到教室後不久，周圍的同學也聞到了，皺著鼻子聞了聞。有的人就調侃丁浩，笑呵呵地問他，「丁浩，白斌又帶了什麼好吃的給你？椰子味的牛奶啊？」

丁浩鄙視他，「什麼椰子味的牛奶？那是椰奶！」況且他也不喝那玩意兒，有股草味。丁浩最討厭胡蘿蔔，其次是各種綠葉的草。

等到下課，他去張陽他們的教室，找人旁敲側擊，沒一會兒就問出來了。

演出的時候，實驗班只有一個人吹小號，就是他們班的學習股長。但巧的是，那個吹小號的座位也在第三排左邊第二個，丁浩遠遠地看了一眼，跟李盛東形容的不一樣。那真是個漂亮的人，丹鳳眼微微上挑，看起來很和氣，偶爾收發作業也是帶著笑的，這一笑，就更好看了。

丁浩悄悄記住了那個人的模樣，不知為什麼，總覺得在哪裡見過。

丁浩皺著眉頭想了半天，也想不起來是在哪裡見過他。他站在走廊上，偷偷觀察那個小學習股長，嘴裡還在嘀咕，那個人該不會跟白斌認識吧？下次得叫白斌也來看看，不過白斌肯定不願意幫李盛東辦事……

一抬頭，就看見那個學習股長走進男洗手間，丁浩有點傻了。

馬上，這死小孩又高興了，哈哈！李盛東的夢中情人是男的！哈哈哈！丁浩恨不得手舞足蹈，打鑼放鞭地去告訴李盛東！

這真是一個讓人鼓舞的消息，想當年，李盛東常常用他跟白斌的事笑他，現世報啊，現世報。李盛東，你也有今天！丁浩都能想到自己扠腰站在李盛東面前，仰天大笑的情景！

繃著笑臉忍到放學，班上的人一走，他就跑到後面跟白斌說了。白斌只挑了挑眉毛，沒做什麼其他表示。

丁浩坐在旁邊，拍著白斌的肩膀，學革命電影裡的大喇叭廣播式激情演講，「革命勝利的一天終於到來了，我們要翻身做主人，緊緊捏住敵人這一條致命的弱點，打！狠狠地打！哈哈哈！」

白斌還在寫班級評分資料，垂著眼睛，也看不出他在想什麼，半天才問丁浩一句，「浩浩，你是不是很在意李盛東的想法？」

丁浩愣了一下。

「沒有，我只是覺得他以前老是那樣說我……現在也有機會說回去了……」白斌的話說得很平淡，卻讓丁浩沉默了。白斌語氣裡透露出的想法讓他有點不安，不只是李盛東，丁浩還想到了其他的人。他跟白斌遲早會面對很多人的想法，不是嗎？

丁浩湊過去握住白斌的手，打斷他書寫的動作。

「我不在意，真的，誰的想法我都不在意。」

白斌被那雙手握得緊緊的，一時哭笑不得。丁浩似乎誤會了他的意思，不過能說出這樣的話……也實在無法再為前一個問題糾纏。丁浩這傢伙，總是能無意間打破他心裡最柔軟的防線。

旁邊的人難得老實，握著他的手不肯鬆開，眼睛一眨也不眨地看著他，像是下定了什麼決心。白斌抬頭揉揉他的腦袋，嘴角忍不住帶著笑，「不該和你說這些的，這不是你該擔心的事，我會處理好。」

丁浩把那隻手抓下來一起握住，也笑了，鼻子也皺起來，看起來帶了幾分得意，「你不要小看人，我也是很厲害的！」

最起碼，他現在想當個能負責任的人。這次，不會再讓白斌一個人去面對。

李盛東給的那盒椰奶糖還是要送給人家，儘管那個人是男生。

◇

丁浩抱著一種看熱鬧的心態去了張陽他們班，中午放學，食堂的人很多，少部分刻苦學習的人都喜歡留下來多看一會兒書，等食堂人少了再去，那個學習股長自然是其中之一。

丁浩過去的時候，張陽正好要出去，跟他打了聲招呼。張陽對丁浩的到來很高興，他難得有幾個樂於深交的朋友，「丁浩，又來借筆記？我剛好要出去呢，你自己去拿吧，還放在原來的位置。」

丁浩順著他的話點點頭，「那好，你快去忙吧，我在你那裡看一會兒就好，看完就幫你放回去！」

跟張陽道了別，徑自走到他座位那裡。張陽也是坐在第三排，略微低下頭就能近距離看見那個學習股長。

丁浩看的時候，那個人正在低頭寫著什麼，半長的短髮掉下來一點，眉眼低垂，嘴巴抿得很直，看起來是個做事一板一眼的。不過從這個角度看，下巴倒是尖尖的，讓人忍不住想捏一捏。

丁浩斜眼去看作業本上的名字，只隱約看見一個「丁」字，丁浩笑了，湊過去跟他打了招呼：「你好，你姓丁？真巧，我們還是本家……」

埋頭寫作業的人停下來，抬起頭去看丁浩，一雙眉頭皺得死緊。

丁浩被他這樣看著，嚇了一跳，「同學，我沒惡意！就是想來問你一件事……」

丁浩覺得他很眼熟，但是看到姓又沒印象，硬著頭皮去看他作業本上的全名——丁旭。

丁旭？丁旭！

學習股長也放下手中的圓珠筆，往後仰著，坐直身子看向丁浩，嘴角要笑不笑的，眼神卻很淩厲，「丁浩，還真巧，又碰到你了。」

丁浩瞪著他說不出話來，他只記得一個丁旭，這個人……該不會是那個丁旭吧？不可能吧！

學習股長拿起旁邊閒放著的一副眼鏡戴上，又用手指把頭髮向後梳攏，露出光潔的額頭，嘴上的一丁點笑意隱去，眼鏡後面的神情淡漠疏離。

「這樣，認出來了嗎，丁少？」

丁浩差點從椅子上翻過去，嚇得跳了起來，「你你……你怎麼也……！！」

雖然還是少年時的模樣，但是這個人絕對是丁旭錯不了！丁浩終於想起來了，為什麼一直覺得這個人很眼熟，這就是跟他生前有一面之緣，酒精過敏卻被他強行灌醉過的丁旭！

丁旭的嘴角挑起一個笑，說出口的話帶著淡淡的嘲諷，「還是託丁少您的福啊，一場車禍就過來了呢！」

丁浩的臉色有點蒼白，他一直以為自己是唯一一個重生的，沒想到那場車禍會出現這樣的事情。如果他不是唯一的，那麼其他的事情是不是也出現了變數？

丁浩有些困難地吞咽了一下，再次開口問丁旭：「那場車禍……死了很多人嗎？」

丁旭放下劉海，看起來柔和了不少，不過說出口的話一樣帶著諷刺。

「怎麼，丁少還希望很多人因您而死？真是抱歉，那場車禍中只有兩個人死，一個是肇事者，很不幸的，另外一個就是我。」

丁浩被他盯著，略微放下的心又提了起來，「我、我跟你道歉可以嗎？我以前做的的確不對……」

丁旭摘下眼鏡，繼續低頭寫作業，「不用，人死為大，節哀順變。」

丁浩被堵得說不出話來，訕訕地站在一旁。再怎麼說，丁旭都是因他而死，丁浩對他抱有一份愧疚感。同時，又隱隱帶著一份親切，這個世界上並非只有他一個人擁有那個祕密。

丁浩有一種迫切地想跟人分享自己這幾年經歷的衝動，但很顯然，旁邊那個定義為「已死故人」的傢伙並不合適。

丁浩站在旁邊不走，而丁旭寫完作業後，逕自走了。他有點鬱悶，想了想，還是把拿來的那盒椰奶糖放進丁旭的桌子裡，上面有一張早就寫好的紙條，是替李盛東寫的，約他星期三下午在後門見面，名字留了知名不具。

丁浩默默為李盛東祈福，這次他是一點忙都幫不上了，他還欠丁旭不少呢。丁浩苦笑，這一輩子還真是什麼事都能遇到。

◇

丁旭走得很急，甚至沒去食堂吃飯。他心裡憋著一股火，眼睛亮得嚇人，砰地一聲推開宿舍的門，把裡面的人嚇了一跳，下意識地翻到上鋪用被子蓋好，看清楚是誰後才從被子裡出來。

頂著刺蝟頭，一副不理解的樣子看著摔門進來的人問，「丁旭？」

桌子上放著一份飯菜，沒有保溫壺，只是簡便的塑膠盒子，早就涼了。一層油脂凝結在上面，旁邊的一次性筷子倒是提前掰開，連倒著的刺也清理得乾乾淨淨，跟往常一樣。他就知道，如果他不回來，那個黑小子也不會自己先吃飯。

丁旭的心也慢慢安靜下來，過去踢了雙層床鋪一腳，悶聲喊上面的黑小子，「肖良文，給我下來把飯吃乾淨！跟你說過，我在學校會去食堂吃的吧？」

黑小子俐落地從雙層床鋪上跳下來，動作輕得像隻貓，沒有發出太大的聲音，像是感覺到丁旭的心情不好，乖乖地坐下來開吃。

他不明白丁旭為什麼心情不好，也許是在班上受到欺負？黑小子默默地看了丁旭一眼，並沒有發現可疑的外傷，衣服也跟早上出門時一樣，沒有破損和弄濕，難道是藏在衣服下面的傷？

黑小子順著衣領往下看，一抬頭就跟丁旭對上了眼，被那雙眼睛瞪到不自在地轉過頭，「我……」他咳了一聲，「我想看看你哪裡受傷了。」

丁旭還在瞪著他，「你以為別人都跟你一樣是暴力分子嗎？吃你的飯！不許說話！」

黑小子皺起眉默默吃飯，換做是別人，他早就一拳打過去了，可是丁旭他不能打。這個人的嘴巴很壞，但是對他很好。丁旭說過，並不贊成他只會用拳頭解決問題的處事方法，可是，他目前能用的也只有拳頭。

在丁旭的低氣壓中吃完最後一口飯，黑小子自覺地收拾好桌面，也順便打理好自己，把宿舍的窗戶打開了一條縫隙。他知道丁旭不喜歡室內有別的味道，哪怕是食物的香氣。做完這些，黑小子老實地坐在床鋪上等丁旭發話。

這是一間四人房宿舍，有兩張鐵的雙層床鋪，附帶一間小浴廁。當初丁旭來的時候，校方特別安排了單人房，但是丁旭拒絕了，送丁旭來的老人也是滿臉不贊同，但丁旭還是堅持自己的決定，校方最終為他安排了四人房。但是在丁旭背後老人的特別囑咐下，沒有再安排其他人住進來，老人總是希望能給自己孫子更好的生活環境。

丁旭默許了這個行為，正好也能省下肖良文在外租房的費用，他們的錢已經不多了。他拿的獎學金與肖良文之前自己賺來的錢並不多，省著點花，大概還能撐到這個假期結束，他必須儘快想個辦法賺錢。

黑小子看到丁旭的臉色陰陰晴晴，有些猜不到他的想法，只能一直看著他來回在房間裡轉圈。也許是他看得太專注，那個沉浸在自己世界裡的丁旭忽然抬起頭來看了他一眼，黑小子嚇了一跳，睜大眼睛，也看著他不說話。

丁旭心情不好，看到這個有著黑色外殼的大型食物吞吐機器也不客氣，踢上他的小腿，眼睛微微上挑，「你，英語背得怎麼樣了？」

黑小子臭著一張臉。他不喜歡背英語。

腿又被踢了一下，很輕，癢癢的感覺從腿上蔓延上來，他低下頭，不敢看丁旭，怕被他看見自己的不滿足。丁旭說過，不打拳是沒有福利的。

「說話！早上走之前讓你背的那篇，你背過了嗎？嗯？最起碼，我畫出來的那些句子你都背過了吧？」丁旭的眼睛瞇起來，有種恨鐵不成鋼的感覺，「肖良文？快說話，背過了沒有！」

黑小子轉過頭去，說得慢吞吞，「不喜歡。」

「不喜歡……是沒背過嘍？」

「……」

「我走之後，你根本連看都沒有看，對吧？」

「……看了。」

「好！現在讀給我聽，離午休結束還有一個半小時，我看著你背完！」

黑小子認命地拿起課本，開始練習那些古怪的發音，他是真的很討厭英語。雖然，被糾正的時候也會有點期待……

「錯了！應該是用這裡發音！」

丁旭皺著眉頭，用手指捏住肖良文的下顎，在脖子上喉管的地方略微用力，「我跟你說過了吧？讀這幾個連貫單字的時候，發音不能這麼靠後！」

黑小子瞇起眼睛，慢慢感受那算不上溫柔的「撫摸」。因為是丁旭，所以哪怕是這麼致命的地方，他也可以毫不猶豫地亮出來，反而像一隻正被舒服地順毛的大型貓科動物。黑小子很珍惜這短暫的接觸，丁旭平時都不會讓他碰他。

「喂！你這一副想要睡覺的表情是什麼意思？肖良文，我警告你……」

丁旭叫他名字的時候也很好聽。注意力已經不在課本上的黑小子默默地想著，以後如果每次丁旭叫他起床時都能叫他的名字，而不是踹他起來，那就好了。

◇

丁旭在見過丁浩的當天，半夜忽然發起燒來。

他夢到了重生前的一些事情，一些跟肖良文有關的事情。

第一次見到肖良文的時候，那傢伙只有十二歲，皮膚曬得黝黑，揹著盜版的名牌運動背包跟一群「背包客」一起蹲在看守所的角落裡，肖良文頂著一頭刺蝟頭，直直地盯著他。

他們不是同一個世界的人。丁旭這樣跟自己說，從第一次見面時就知道了，他是陪同父親去走訪，而肖良文是因為小規模集團走私而進到警局的小混混。他們在錯誤的時間，錯誤地相遇了。

第一次見面並沒有讓丁旭留下深刻的印象，直到肖良文第二次出現在他面前，這個人才算是逐步走進了他的生命。

幾年後，X市走私重案嚴辦，幾百名高官落馬，丁旭父親所屬的司署更是高達一百六十多人被判刑，全國震驚。

丁旭的父親也鋃鐺入獄，在祖父的力保之下，仍是免不了幾十年的牢獄之苦。母親也受到影響，被革職查辦，一夜蒼老。

祖父用年邁的身軀撐著不倒下，卻無法支撐失勢破碎的局面。老人在那位首長面前，深深地鞠了一個躬：「我們，對不住國家啊！」

再抬起臉，已是淚流滿面。老人一輩子為國守關，眼看就快要享清福了，沒料到最後卻因為兒子、媳婦的事，臉上抹了黑，弄出這麼大的事。老人自覺愧對國家，再也沒有面子待在那個位置上，主動引退。

丁旭就讀的是官校，本來就是司署的子弟學校，接到祖父消息的時候，正是雙親確定入獄的時候。同時送來的，還有校方義正言辭的一封退學信。丁旭默默地收拾好包裹，踏上北去的旅途。

他獨自一人坐了四十幾個小時的火車，去了北方。在漫長的兩天兩夜中，丁旭舔舐著傷口，身上或是心裡。

四十個小時能改變一個人多少？

丁旭收起自己的自尊與驕傲，垂下眼睛。他已經不再是天之驕子，他現在甚至連一個普通人都不如。學校裡的昔日好友們疏遠他，甚至嘲諷他：「丁旭，你身上穿戴的東西也是貪汙來的吧？沒有一起沒收嗎？怎麼，你沒一起進監獄嗎？你爸包養了十幾個女人，聽說你媽媽也不輸他啊？哈哈！」

人們對待落水狗總是會忍不住再痛打一頓，彷彿這樣才可以將平時的怨氣出盡。尖銳的話語、凌亂的拳頭教會了丁旭自保，至少，再次打架的時候要先護住頸部以上。

丁旭那次坐的是硬座的火車，在半夜的時候，有許多轉車的人上車。黑漆漆的走道上到處都是人影，坐在對面的中年人已經睡熟了，有人經過的時候會發出沉悶的打呼聲。丁旭起身去洗手間，想了想，還是把唯一的背包帶上，在黑暗的走廊上一路艱難地擠過去……

似乎是受到夢境的影響，丁旭不耐煩地皺起眉頭，揪扯著胸前的衣領。他覺得很悶，快要喘不過氣了，耳邊有什麼人在說話，「……對，半夜忽然發高燒……校醫……打針……」

丁旭抱住那個人，他覺得很難受，可是除了他的名字，喊不出別的話，「肖良文……」

抱著自己的手臂又收緊了一些，低沉的嗓音在耳邊輕輕響起，「丁旭？」

——丁旭？

夢裡的人也這麼叫他，在他身後遞了一個錢包給他，依舊是豎起來的刺蝟頭，看著就覺得一定很硬又扎手。那個黑小子把錢包塞到他手裡，連同已經掉出來的身分證。

火車上用慣的伎倆，卻是最讓人防不勝防。丁旭握著錢包的手想要收回，想說聲感謝，卻無論如何都無法掙脫他的手掌。那個黑小子靠過來，將他擠進角落，火車瞬間進入隧道，周圍很暗且看不見他的表情，耳邊是火車駛動時的轟隆聲——

「丁旭。」

低沉的聲音這樣喊著他，氣息在他耳邊，甚至周圍，緊緊地圍住，讓他無法逃開。

「……我要你！」

火車駛出隧道時的轟鳴聲乍響，路邊的燈光閃過，光影落在用手臂困住自己的人臉上。不知為何，肖良文的臉已經是成年時的面貌，刺蝟頭、硬得扎手的頭髮，面容顯得有幾分狠厲。他忽然笑了，像野獸一般的眼睛裡也難得的溫和。

「誰叫你一次次跟我糾纏不清的？我們在一起吧！」那個人宣布道。

丁旭氣極，使出全身的力氣去踢打他，他已經這麼慘了，已經什麼都沒有了，為什麼！為什麼還要這樣羞辱他？他的家、他的前程、他的學業、親人……都已經沒有了，為什麼還不放過他？

一瞬間，紛繁的記憶錯落而至，丁旭的腦仁被那些東西塞得生疼，很多已經忘掉的恥辱重現，讓他再次經歷了一遍磨難。他不能哭，哪怕是父母在獄中自殺，祖父因此一病身亡，哪怕是他被趕出家門、身無分文、獨自生活……他活下來了，他做到了對自己的承諾，一定要活得比別人更有出息！更有骨氣！！

——可是，肖良文，為什麼是你？

為什麼你要不停地出現在我的生命裡？從X市到遙遠寒冷的北方，為什麼偏偏遇到的是你？一次次的相遇，經意的或不經意的，到後來的抵死糾纏，肖良文，你為什麼要破壞我的生活？我好不容易，好不容易能過正常人的日子……

「丁旭，不要難過……」耳邊的聲音還在說，並試著小心翼翼地親吻他的眼睛。

眼淚並沒有因為親吻而止住，反而流得更凶了。混蛋！你怎麼知道我難過？你憑什麼說我在難過！

生病的人嗚咽出聲，咬著嘴唇，發出細微的聲音。旁邊的身影愣了一下，又俯下身去親吻那被咬到發白的唇，不忍心地舔了舔——出血了。似乎是感受到舌尖的柔軟，病得一塌糊塗的人下意識地張開嘴，與它纏在一起……

夢裡的畫面又變了，像是過了很久，他能看到自己漂浮在半空中，看著躺在病床上的人及旁邊高大的男人。他緊緊地握著那雙插滿各類針管的手，那雙手已經消瘦了許多，甚至可以說是皮包骨。

丁旭看著那個蒼白的自己，如果不是那微弱的呼吸聯繫著，也許自己就要消失了，腦海裡不自覺地這樣想著。躺在病床上，三個月未曾睜眼，始終連細微的反應都不能做出，如今更是連營養物質也不再吸收，只能一天天衰弱，馬上就要死去。

高大的男人拿起無力垂落著的手背，在臉上蹭了蹭，像是在對情人呢喃：「丁旭，他們怎麼可以這樣對你？你不喜歡自己被人看輕、照顧，更不喜歡這樣被別人擺弄著，沒有尊嚴地死去，對不對？」

丁旭浮在空中，靜靜地看著他。看著男人輕輕吻著，繼而粗暴地撕開單薄的病患服，在蒼白的胸膛上留下印記，恨不得揉進骨血裡似的粗暴性愛，就像一個野獸。

「丁旭，你活過來好不好？我為你報仇，就算把他們全殺了也可以……」

明明下半身做著粗魯的動作，男人的話卻說得很輕，生怕嚇到他一樣。

「你不喜歡我打架，不喜歡我動槍，可是我都做了，怎麼辦？你再不醒過來，我就會殺人……你要看著我進監獄，也不管我嗎？」

出血了，平時只是紅腫都會皺起眉頭喊痛的人，這次連眼瞼都沒有明顯的轉動。

「丁旭，我不會再讓你受這些苦了。」

男人這麼說著，單手捏斷了連接在手背上的那些細管，透明的液體流淌了一地，最後那細如蛛絲的束縛被放開了。

之後的夢，像是又過了一遍人生，他無力改變父母，能改變的也只有自己，以及十歲那年去派出所領回來的肖良文。

依舊頂著刺蝟頭，揹著盜版的背包，還有盯著自己的雙眼。丁旭指著少年時的肖良文問員警，如果要保這個人出來，需要多少保證金？

員警有點沒反應過來，想了半天才告訴他：三百塊。

肖良文，原來你的命運只用三百塊就可以扭轉。

如果上輩子是他無意中走進肖良文的領土，那麼這次，他選擇做主動的一方。一起去北方吧，遠離這裡的汙濁，他不會去讀官校，肖良文也不必再用拳頭拚盡一生，也許只能改變部分的軌跡，但是他願意努力，哪怕改變的只是肖良文的人生。

我們平安地相守一生，好不好？

必須回答「好」，因為——

我是因你而死啊，這是你欠我的，所以肖良文，你理應更加愛我……

肖良文……

「肖良文？」

淩晨才醒來的人小聲地喊著什麼，趴在旁邊的黑小子立刻坐起來，湊近過去聽他說話，「喝水……」

不一會兒，一杯溫水小心地遞了過來，裝到半滿的紙杯湊近他的嘴巴，「丁旭，水。」

似乎是察覺到他躺在床上喝水十分困難，猶豫了一下，竟然用嘴巴含著水湊了上來，被餵下清甜的水後，喉嚨舒服了不少。

依依不捨地離開，緊接著又餵了一口水。丁旭皺起眉頭，他覺得有點不對勁。餵完水的舌頭不肯輕易離開，試圖去跟嘴裡柔軟的那條糾纏，試著躲了兩下，那個人立刻興奮地大力捲舔上來，像是在對待食物，帶著輕微的撕咬。

丁旭覺得很痛，他是病得沒有力氣了，但是不代表連咬人的力氣都沒有。他看準時機，對那不知滿足的侵略者狠狠咬了一口！

「唔——！」黑小子抬起頭來，眉頭皺成一團，有些口齒不清地嘟囔，「好痛。」

丁旭也被他弄到清醒了，恨恨地瞪了他一眼，「活該！」指了指對面空著的病床，盯著那個試圖掩飾過去的人，「去那邊，離我遠一點！」

黑小子嘟囔了一句，不過還是聽話地過去了，坐在對面的病床上靜靜地看著丁旭。他覺得，丁旭就算發火也很好看，不，無論什麼時候都好看，除了剛才病得無法回應他的時候，讓他覺得一陣心慌。

「丁旭？」

「嗯？」

「不要再生病了。」

「笨蛋。」

◇

星期三，李盛東果然來了。為了保險起見，還提早來了。

這傢伙不知道從哪裡弄到了丁浩他們學校的制服、名牌，就這樣大搖大擺地走了進來。

丁浩在自己的教室門口看見李盛東的時候，嚇了一跳，「你就這樣進來了啊？」

李盛東很得意，「是啊！」

看到下課時沒有老師，李盛東一屁股坐在丁浩旁邊的空位上，擺弄著丁浩桌上的鉛筆盒玩，眼神還在往四處瞟。

「噯，丁浩，實驗班在哪裡？」

丁浩知道這傢伙等不及要去告白，抱著看樂子的心，也不告訴他那個夢中情人是男的，用手指了指，「那裡，我們對面那一班，我幫你打聽好了，那個人叫丁旭。」

李盛東笑了，「哎喲，跟你還是同姓？不錯，不錯，你幫我好好跟她說了沒？那個糖她喜歡嗎？喜歡的話，我那裡還有不少。」

丁浩有點尷尬，他還沒丁旭打好關係呢，更別提要幫李盛東了。丁浩從李盛東手裡拿過自己的鉛筆盒，就這麼一下子，這孫子就把他折出了兩個角。

「那什麼，你自己努力，我是幫不上忙了，人家不愛看到我……」

李盛東的眼睛在丁浩臉上轉了一圈，忽然笑了。

「怎麼？她讓你吃癟了？哈哈，很好，我就喜歡這樣的，脾氣太好的也沒意思！」

這混小子完全把丁旭當成自家媳婦了，摸著下巴，高興得不行。

「噯，要不然我去那邊看看？你們什麼時候上課啊？」應該還來得及去看一眼媳婦。

李盛東看了看掛在黑板上面的時鐘。嗯，他以後得買一支手錶，隨時注意時間才行。

丁浩被他看時鐘的含情眼神激起一身雞皮疙瘩，說話都有點結巴了，「李盛東，你你、你要去就快去，他們班今天下午是兩節體育課，晚了就不會在班上，都去大操場了。」

「那我先走了啊。」李盛東立刻站起來，也不跟丁浩再客氣兩句，轉身就走。

丁浩被這要媳婦不要兄弟的態度小小刺激了一把。他發誓，要不是李盛東自己認出丁旭是男的，他一輩子都不會告訴這孫子！呸！有這樣過河拆橋的嗎？您好歹在背後拆啊，能不能做點表面功夫啊！

作為桁架李盛東與丁旭的友誼橋梁，對還沒過河就試圖拆橋的行為，橋梁表示很生氣。

「剛才那是李盛東吧？」白斌從門口進來，直接過來小聲地問丁浩，「他來找實驗班的那個人？」

白斌只知道丁旭是男的，並不知道丁浩跟丁旭的那層關係，也不知道丁旭的厲害，倒是有點擔心李盛東會鬧起來，傷到人。

丁浩趴在桌子上撇撇嘴角，「沒事，他們班在外面上體育課呢，加上那個體育老師，一群人圍毆肯定打得過李盛東！」揍不死他啦。

白斌被他逗笑了，在丁浩腦袋上揉了兩把，「就你的鬼主意多，連這都能想出來！」

丁浩趴在那裡哼了兩聲，也沒動彈。旁邊的一個女同學看到白斌心情很好，試著拿課本過來和白斌請教問題，「那個，白斌，這裡我不太會……」

雖然是下課，這裡的聲音也沒多大，但還是引起了少部分人的注意。靠牆的幾個女生看著這邊嘀咕了幾句什麼，幾個人都小聲哄笑起來。

舉著課本的女同學有點心虛，她不是沒看過其他人向白斌請教問題，白斌通常不會對一個人有過多的接觸，除了丁浩，好像跟丁浩說完話後，白斌也容易接近一些。

她觀察了很久，這次試著鼓起勇氣跟白斌說話，她其實是真的想問問題……

而白斌的心情不錯，抬起頭來翻看了一下她拿的課本，「這是下一節課要講的內容，妳看得很快。」白斌的聲音在她上方響起，女同學的臉有一點紅，白斌這是第二次為她講解題目，那麼她是不是……

「妳上課的時候仔細聽講就好了，沒有必要提前問這些。」

女孩有點失望，拿著課本回去了。

「同學！」白斌忽然喊住了她。

女孩回過頭，拿著課本的手抓得緊緊的，「什、什麼事？」

白斌看著她，語氣還是一如既往的溫和，或者始終帶著幾分疏遠和客氣，「我能跟妳換一下位置嗎？下節課自習，我有些作業要跟丁浩一起寫。」

他們的化學實驗課會分組，丁浩跟白斌是同一組，這段時間經常跟周圍的人換位置，一起寫作業。

女孩的臉有點紅，連忙點點頭，「可以，可以！」

她收拾好自己的東西，去後面坐在白斌的位置上，還有些不敢亂動，生怕這是自己做了美夢。看著課桌上擺放得很整齊的幾本書，封面寫著白斌的名字，字跡蒼勁有力。女孩歪著頭看了看，忍不住仔細打量這個全年級模範學生的課本，彷彿要將它看出一朵花來。

不一會兒，還真的被她看出了一點小祕密。

白斌有幾本書的書背上也寫著名字，可能是在又窄又硬的地方寫字不方便，這次的字跡沒有封面上的好看，不過也很清秀啦！女孩笑呵呵地看著偶像的課本，仔細對照著那是哪幾本書——

英語閱讀、英語寫作、英語完形填空……

都是關於英語的啊，原來偶像比較喜歡英語嗎？不管怎麼樣，對英語還真是關注。

這位女同學猜對了，白斌很喜歡英語，也很喜歡關注英語，尤其喜歡在丁浩學習英語的時候關注他。凡是跟丁浩有關的，他都很樂在其中地關注著。

翻開丁浩的英語課本，白斌指著幾個昨晚用三種彩色線條標出來的重點單字，輕聲問：

「這些記住了嗎？」

丁浩恨不得把書扔到他臉上！因為第一條線是用舌頭輔導，第二條線是用手和舌頭一起輔導，第三條線是……是用白斌的玩意兒幫他記憶的，他能記不住嗎！丁浩盡力壓下火氣，瞪了白斌一眼，「我又不是豬！早記住了！」

白斌被他一瞪，反而笑了，「那就好，先寫幾道相關的完形填空吧，回去後我會再問一遍。」

問你妹！！

丁浩徹底鬱悶了，拿筆在書背上重重地畫著白斌的名字發洩。他上輩子怎麼就沒看出來呢？白斌這傢伙根本就是扮豬吃老虎……不對，他本來就是老虎，有各種原則要求的老虎！平常不會對他做什麼，可是一旦犯了錯，懲罰卻格外的重，白斌照顧著丁浩的身體，但在不會傷害身體的底線上，花樣是越來越多了。

丁浩殷切地希望白斌放過他，哪怕是懲罰能平均一點，他實在對這鳥語沒辦法，也只能將希望放在「懲罰輕一點」上。白斌沒有聽到他的期盼，在完成自己的課業之後，饒有興趣地開始畫出一些丁浩容易背錯的單字。

丁浩默默回過頭，用筆在書背上的名字狠狠戳了一下。白小斌，早晚有一天你會後悔！

李盛東走到對面的教室，不過晚了一步，大部分的人都出去上課了，只有幾個還在換鞋的人在。李盛東第一次有禮貌地跟人打招呼，「同學，你們班有個叫丁旭的嗎？」

綁鞋帶的人抬起頭來，是個四眼，戴著眼鏡，呆呆的，「有啊，我們學習股長嘛！他去大操場了。」

李盛東喔了一聲，也不急著過去，又問過丁旭的座位後，過去拿起桌子上的課本翻看了一下。真不錯，他媳婦寫字比他好看多了，還是個學習股長呢！不錯不錯，李盛東又高興了一把，對那個四眼同學問了大操場的方向，哼著歌走去。

於此同時，黑小子也猶猶豫豫地走向大操場。他提著一個保溫飯壺，這是丁旭不會讓他買的東西；保溫壺裡還有藥膳粥鋪裡最貴的紅豆小米粥，這個也是丁旭不會讓他買的東西。但問題是，他已經買回來了，而且丁旭還在生病，早上、中午都沒怎麼吃飯，下午又是體育課，會支撐不住的吧？

雖然穿著制服，但是被抓到的話，還是會給丁旭添麻煩，黑小子儘量在老校區沒有監視器的陰影處走著，一邊試著找出理由來說服自己，同時說服丁旭。就這兩樣東西花了一百三十塊……皺著眉頭，黑小子實在想不出能讓丁旭不生氣的原因。

算了，到時候再說吧！

像是想通了，黑小子提步往大操場跑去。丁旭中午也吊了點滴，胃一定很不舒服，還是得儘快送去給他，讓他喝一點。

另一邊，李盛東穿著丁浩他們學校的制服，卻完全沒有同校學生們相對謹慎的態度，這麼大搖大擺地走過去，連路過政教處大樓前都沒有回避一下，直奔大操場。

政教處一樓就是教導主任的辦公室，這個老頭繼安裝監視器之後，又有了一個新愛好，這個愛好比較正常，就是他喜歡上了養花草。搬了幾盆的吊蘭擺在窗臺上，新鮮的翠綠順著欄杆爬過大半扇窗戶，現在正在幫花澆水。正巧，他一抬頭就看見李盛東了，「嗳！同學！你不上課在閒逛什麼？」

李盛東當作沒聽見，別過臉就往大操場那裡跑。

老頭怒了，這什麼學生啊！一不上課，二不尊重老師，這是公開的藐視權威啊！老頭心想不行，這種害群之馬應該抓出來整治整治！教導主任立刻就放下澆花的水壺，跑去逮李盛東。

李盛東也活該倒楣，全校管風紀的教導主任有三個，他碰到的是最倔的一個。李盛東也被這老頭追到怒了，他本來就對校園裡的路不熟，後面還有一個鍥而不捨的，實在想不出辦法，只能晃了一下，躲在假山的石頭後面等老頭過去再走。

李盛東還在等著，旁邊就忽然竄出一個人，抱著保溫壺，也彎腰躲在假山後面。李盛東上下打量了這個人，略黑的皮膚、刺蝟頭，人高馬大的，難得躲避的姿勢這麼專業，看得出來是個經常打架逃跑的老手。李盛東察覺到一絲同類的氣息，主動伸出友好之手，「同學，你也曠課啊？」

黑小子皺著眉頭，話不太多，只嗯了一聲算是回應。

李盛東這個人的思維很發散，他看著黑小子，一瞬間聯想到國文老師教過的一句話：會叫的狗不咬人，咬人的狗不會叫……他覺得，這一隻是會咬人的。

李盛東的文化水準不怎麼樣，要是讓他的國文老師知道這死小孩這樣形容一個人，肯定會氣到暈倒！

不過，李盛東認為這完全是褒義詞，眼前的黑小子給他一種動物的機警感，他覺得要是打起來，這個人肯定很厲害。

教導主任的腳步慢，現在才追到假山。老頭堅定地認為李盛東是跑到前面了，一邊繼續往前追，嘴裡還不停喊著「同學停下來」之類的話。

李盛東跟黑小子都沒動，在假山後面等了一會兒，看到老頭走遠了才出來。李盛東心裡又重新裝滿了小情人，英雄惜英雄，但是敵不過美人一笑啊。李盛東想著就往大操場走，旁邊的人快他一步，小跑著也去了大操場。

李盛東也沒多想，他看到那個人穿著制服，只當作是丁浩他們學校的學生，哪想得到那個黑小子是跟自己一樣的假貨。

大操場是開放式操場，周圍沒有鐵絲圍牆，只用石頭砌了臺階，錯落分開。丁旭他們班分到的位置是在最西邊的角落，一起上課的人很多，統一穿著制服，幾個班的人都分不清了。有偷懶、不願意跑步的女生三三兩兩地聚在臺階上聊天，體育老師也不大管這些，他覺得如今的學生也不容易，一個星期就這麼兩節課的放風時間，反正也快畢業了，就隨他們去吧。

這段時間的體育課相對寬鬆，學校並沒有規定硬性的訓練，只是將六月份的會考內容公布出來，讓大家提前練習。

還是那三樣：立定跳遠、實心球、一千公尺，體檢身高、體重只是走個過場，差不多都能混到及格。不過，體育成績還是占了會考總成績的三十分，成績差一點的也都開始為了這點分數努力，一眼看去，大操場上跑步的、練鉛球的、跳遠的都有，還很熱鬧。

丁旭試著做了幾次立定跳遠。雖然沒發燒了，但是身體還是沒力氣，沒幾下就腿軟了，後背出了一層冷汗，更是難受。他也不再堅持，面子還是沒有身體重要啊，丁旭坐到一旁的臺階上，曬了一會兒太陽。

天氣很暖和，但丁旭還是冷得打顫，剛才的冷汗打濕了衣服，後背冰涼，怎麼也暖不起來。幸好，下午來的時候帶了一件備用的厚外套，他趕緊拿出來穿上，把外套拉鍊一直拉到最上面，頂到下巴才舒服一點。丁旭把手放在口袋裡取暖，眼睛微微瞇起來，像在想事情。

旁邊有人坐下，丁旭回頭看一眼，眉毛挑了起來。

「肖良文？」接著，目光落在那個人鼓鼓的肚子上。他的衣服讓肖良文穿，本來就小了一點，現在更能明確地勾勒出一個圓筒形的痕跡，丁旭有點頭疼，「你這是怎麼了？」

黑小子從鼓鼓的衣服裡掏出保溫壺，放在靠近丁旭的臺階上，「幫你買的粥。」

丁旭選的是個不太引人注意的地方，黑小子又穿著制服，人高馬大的往這裡一坐，即便是喝粥，別人不特地看過來也看不見，丁旭也沒阻止他。黑小子看到丁旭發冷的樣子，又自發自覺地幫他打開，一陣紅豆小米粥的香甜味道撲鼻而來，丁旭的鼻子動了一下，「藥膳粥鋪的？」能聞到裡面夾雜著輕微中藥的味道。

黑小子點點頭，「你趁熱吃吧。」

保溫壺是最簡單的樣式，並沒有隔層什麼的，紅豆小米粥冒著熱氣，有著讓人食欲大開的色澤。丁旭捧著保溫壺，忽然皺起眉頭，「肖良文，你是不是忘記買湯匙了……」

黑小子愣了一下，他還真的忘了，只記得急匆匆地買了粥就回來了。

「算啦！就知道你會這樣……」

丁旭捧著保溫壺，小口小口地喝著粥。紅豆一顆顆咬起來很香，似乎放了冰糖，中藥的味道也被米粥的濃郁香氣遮蓋住了，並不難喝，只喝了幾口，胃就暖和起來。「你身上的錢都花得差不多了吧？」

黑小子打量著他，看他沒生氣才點點頭。丁旭的眼睛被粥的熱氣熏得瞇起來，大概是因為感冒，鼻音也比平常更重，「回去再給你幾百吧，身上沒有錢總不好。」丁旭把剩下的粥喝完了，把保溫壺蓋好蓋子，遞還給他，「以後你用這個去買飯吃，不要再吃涼的了。」

黑小子笑了，點點頭後將保溫壺收到一旁，看到丁旭的額頭上冒著細汗，又湊過去一點說：「是不是身上出汗了？」

校醫說過，丁旭感冒容易出汗，如果沒注意，很容易重感冒，到時候加重就會轉變成肺炎。黑小子有點緊張，大半個身子靠在丁旭後面，給他依靠擋風。四月份的天氣了，也沒有多冷，風吹得綠葉微動，正是舒服的時候。

丁旭有這個人肉靠墊暖烘烘的，也不跟他客氣，直接倒在他身上，後背果然暖了許多，調整到一個舒服的位置，閉上眼睛想要休息一會兒。頭頂上有呼出的熱氣，一陣陣都落在他耳朵上，帶起髮絲一起一落，讓人不得安穩，丁旭也不睜開眼睛，抬手就去推那個人的大腦袋，「不許低頭看我睡覺。」

頭頂上的人像是笑了，不過沒發出聲音，胸膛起伏了幾下，晃得丁旭睡不安穩。

「你幹什……」

「你幹什麼?啊!!你給老子起來!」

一陣大力的晃動後,身後的黑小子被人一把拎起來。丁旭沒坐穩,整個人都差點摔到臺階上,睜開眼後還沒看清楚是誰,這兩個人就打起來了!

都是短頭髮、穿著制服的,你一拳我一腳,過來的那個人氣瘋了,打起架來都沒什麼章法,完全是靠蠻力。肖良文的力氣也不小,只是被他突然襲擊,又顧忌著丁旭在旁邊,不敢放開拳腳,一時間臉上挨了幾拳,火氣也上來了,他的一雙拳頭可不是吃素的!

旁邊的學生跑了開來,有膽小的女生還哭了,這跟電視上演的相差太遠了,現實中見到血還是很嚇人的。也有稍微聰明一點的,連忙去找老師,「老師!老師!打起來了……!」

巧的是幾個男體育老師看起來都沒什麼事,帶著體育生們,去對面高中部那裡的空場地練習百米衝刺了。現在只剩下一個女老師,一聽見學生哭著跑過來,嚇得趕緊跑過去,但兩個比她高的小夥子打架,她哪敢上去勸啊!

正急得團團轉,遠方跑來一個老頭,一邊跑一邊喊,「嘜~那邊的!我終於找到你了!你是哪個班的啊!!」

兩個人現在遠離丁旭打架,黑小子一腳上去,把李盛東踹倒在草坪裡!

老頭很勇猛,衝過來時還在喊,「都住手!給我住手!你們是哪個班的!當眾打架,記大過啊！還不快住手！」

黑小子不動聲色地看了眼丁旭，見到丁旭在圍觀人群裡隱藏得很好，也放下了心，慢慢收了手，只要不牽扯到丁旭就好。

老頭看見一個停下來，覺得安全了，上前一步拿出隨身帶的小本子和筆，開始詢問，「你，哪個班的啊？叫什麼？」

黑小子看了一眼李盛東，「我跟他同班的。」

老頭大概是看到這個打贏了的不好惹，扭頭去問李盛東，「你說！今天下午，我早就看見你翹課閒晃，果然惹事了！哪個班的！叫什麼！！」

李盛東只以為黑小子是在嫁禍他，也沒多想，張口就報了丁浩的班級，「二班的。」

這老頭還真的拿筆記了下來，「我說你們這一群孩子，怎麼整天就會製造這些違反紀律的事……」

李盛東平時常跟人打架，也是自學一派，完全靠經驗總結，打了一會兒也看出了一點能耐，每次都能躲開攻擊力道，像一條泥鰍一樣滑溜。黑小子那一腳看起來很狠，充其量也只讓他的肚皮青了塊。

李盛東看到丁旭也在旁邊看，不願意就這麼結束，動物還知道要炫耀武力，何況是他李盛東！李盛東突然使力，黑小子及時架起手臂，卻也無法擋住那股蠻力，被李盛東招呼了一拳，李盛東再接再厲，又爆發了一把！

砰——

黑小子的臉頰上紮紮實實地挨了一記拳頭。

從這一點就能看出李盛東這傢伙特別陰險，看這黑小子長得不賴，完全是報復性攻擊，招招都往人家臉上打。

但黑小子不一樣，他以往跟人打架，都是往胸腹、膝蓋打，打到那個人趴下才結束，但是李盛東躲得滑溜，一時間還打不倒。

轉眼間，兩個人又打鬥、糾纏在一起。

丁旭覺得自己的頭更痛了。教導主任現在也不敢衝上前去記名字了，看到那兩個人像在拚命似的，吞了吞口水，「我、我去前面叫人！你們別跑！」

旁邊的女體育老師也回過神來，也跑去高中部叫人了。戰圈擴大，周圍的學生跑掉了一大半，只有少數幾個還在看熱鬧。

丁旭站在旁邊，眉頭皺得緊緊的，他不認識這個突然過來的人，再仔細從已經負傷的臉上看了看，的確是一次也沒見過的人。

李盛東也看見丁旭看他了，還對丁旭笑了一下，只是帶著兩條鼻血，實在不怎麼美觀，這一笑，臉上立刻又挨了黑小子一拳！

李盛東反擊，卻沒注意力道，一下就把放在臺階邊沿的保溫壺踢飛了，力道還很大，直接就飛到了旁邊的石牆上。保溫壺在石牆上反彈了一下，變成了幾塊廢棄物品，彈了回來——

其中一塊掉到丁旭腳邊，是底座部分，上面的標籤還來不及撕，清晰的一百零五塊人民幣的字樣完全顯現出來。

教導主任跑去校區前院找警衛，來回至少二十分鐘，女體育老師去了高中部校區，加上天橋部分，就算是一路跑回來也至少需要十五分鐘，他們離開到現在，大約過了三分鐘多一點，這裡距離學校後門，逃跑路程不過兩分鐘。很好，那麼還有十分鐘的時間……

丁旭指著李盛東，氣得打顫，「肖良文，你、你給我揍他！」

—下集待續—

高寶書版集團
gobooks.com.tw

竹馬成雙2

作　　者　愛看天
插　　畫　EnLin
責任編輯　陳凱筠
設　　計　彭裕芳
內頁排版　賴姵均
企　　劃　何嘉雯

發 行 人　朱凱蕾
出　　版　朧月書版股份有限公司
地　　址　台北市內湖區洲子街88號3樓
網　　址　gobooks.com.tw
電　　話　(02) 27992788
電　　郵　readers@gobooks.com.tw（讀者服務部）
傳　　真　出版部(02) 27990909　行銷部 (02) 27993088
郵政劃撥　19394552
戶　　名　朧月書版股份有限公司
發　　行　朧月書版股份有限公司
初　　版　2021年 7 月

本著作物《重生之丁浩》，作者：愛看天，由北京晉江原創網絡科技有限公司授權出版。

國家圖書館出版品預行編目(CIP)資料

竹馬成雙 / 愛看天著. -- 初版. -- 臺北市：朧月書版股份有限公司, 2021.07
冊；　公分

ISBN 978-986-06567-3-2(第1冊：平裝). --
ISBN 978-986-06567-4-9(第2冊：平裝). --
ISBN 978-986-06567-5-6(全套：平裝)

857.7　　110010054

凡本著作任何圖片、文字及其他內容，
未經本公司同意授權者，
均不得擅自重製、仿製或以其他方法加以侵害，
如一經查獲，必定追究到底，絕不寬貸。
版權所有　翻印必究